週末
同じテント、
先輩が近すぎて
今夜も寝れない。
蒼機純 Ill.おやずり
Staying at tent with senior in weekend,
so it's difficult for me to get sleep
soundly tonight.
JN109216

パキン、と薪が割れる音が響く。
揺らめく炎。風に揺らいで、常に形を変えていく。
空は夕焼け色に染まりつつあって、
視界は徐々に暖かい色に包まれていった。
お互い無言のまま時間だけが過ぎようとして、
四海道先輩は真っ直ぐにたき火を見つめながら呟く。
「黒山君。今日のキャンプはどうだった？」

先輩と1泊2日の小樽キャンプ旅行

小樽運河
かまぼこ
天狗山

黒《くろ》山《やま》香《か》月《づき》
高校1年生。親の都合で東京から北海道へ引っ越してきた。趣味は読書とゲーム、あと料理。根っからのインドア気質。
「美味しいです。本当に」
四《し》海《かい》道《どう》文《ふみ》香《か》
高校3年生。美人だけど近寄りがたい通称「オオカミ先輩」。キャンプはソロで行くことが多いアウトドア派。

「あふ！　ふはっ！

黒山君、これ最高に美味い」

草《くさ》地《じ》飛《あす》鳥《か》
文香のキャンプの師匠。キャリアウーマンでキャンプ歴は6年のベテラン。お酒が大好き。

「いいねいいね！

チーズフォンデュにパスタ！

熱いうちに食べようよ！」

# CONTENTS

Staying at tent with senior in weekend,
so it's difficult for me to get sleep soundly tonight.

# 週末同じテント、
# 先輩が近すぎて今夜も寝れない。

蒼機純

GA文庫

カバー・口絵　本文イラスト
おやずり

# プロローグ　キャンプ場でラブロマンスなど抱くんじゃない

人間は矛盾していると俺《おれ》、黒山香月《くろやまかづき》はトングで肉を焼きながら考える。

「ほらお兄ちゃん、スマホばっかり触ってないでお肉ひっくり返して」

「そうだぞ？　ん！　やっぱり外で食べる肉は美味《おい》しいなぁ。染みるっ！」

「……お父さん？　飲み過ぎよ」

肘で俺に抗議する妹。紙皿片手に発泡酒を飲み干して唸《うな》る父。その父の様子を見て、額に青筋を浮かべている母。

まさに一家団欒《だんらん》。俺だって両親や妹は好きだし、こういう時間はいいと思う。

そう。外でなければ、だ。

これがわざわざ屋根のない空の下。雪が微《かす》かに残る地面の上で行うキャンプじゃなければ楽しめたはずだ。

東京から北海道に引っ越してきて二ヶ月。両親と妹の澪《みお》はもう北海道に順応している。

「しかし、少し肌寒いとはいえ、こんな晴天の下で昼からビールを飲めるなんてな。あははは。母さん、ビール取らないで」

まさかの高校受験間際《まぎわ》の転勤。最初は申し訳なさそうにしていた父の面影はもうない。受験先は何とか変更して、出願手続きも期日ぎりぎり。親しい友人がいなかった俺と割り切っている妹でなければ、ぐれていたぞ、おい。

しかし、と俺は顔を曇らせた。

寒い外から守ってくれる屋根の下。ストーブで暖を取りながらの人生ゲームでもいいじゃないか。気軽にトイレにもいけて、飲み物も冷蔵庫に保管済み。

多少羽目を外しても人目を気にしないですむ屋内活動こそ、人類が手にした文明のはず。

だが今は絶賛、毎年恒例の黒山家家族キャンプ中だ。

今年は舞台を北海道に移しているが、周囲はキャンプを楽しむ家族やカップル、中には一人でキャンプを楽しんでいる人もいる。あれがソロキャンというものだろうか?

とにかくそれぞれが楽しげな時間を過ごしているように見える。

ビュゥ! 突風が服の隙間《すきま》から背筋を這い、俺は身を震わせた。

「……ぶしゅ! 寒い。もう四月だっていうのに平均気温が十五度って寒すぎるだろう」

「寒いって、そりゃ動かないからでしょ、お兄ちゃん。毎年出不精《でぶしょう》が酷くなってるよ? 今日だってキャンプに出かけるの渋ってさぁ。ほら! 新鮮な空気を肺いっぱいに吸い込んで」

「すぅ――けほ、けほ。いや、たき火がけむたい」

「っ! お肉だってほら! 直火で焼くからこそ美味しさが倍増するし」

「ホットプレートの上で調理したほうが味のバリエーションは増やせる。それにこれだと焼くだけで味が単調になると思う」

「……この出不精兄貴がっ。だからぼっちなんだよ」

「ぼ、ぼっちじゃないし。同じ趣味を持つ友人だっているし」

「あれでしょ？　不特定多数の匿名の人たちでしょ？　リアルだと中学以降いないじゃん」

「言い方辛辣すぎない⁉」

「ふふ。隙あり！」

俺が焼き網の上で育て、狙《ねら》っていた肉を澪が奪っていく。

……どうして手にした文明から目を背《そむ》け、外で楽しもうとするんだろう？

その一点につきると心の底から思う。いや、別にキャンプという文化を否定する気持ちも、家族団欒の時間を壊したいわけでもない。

単純にどうしてわざわざ苦労して、外で楽しむ必要があるのかが俺には理解できないのだ。

なんというのだろう。そういう俺がいることで、楽しんでいる人たちの空気というか思い出を壊したくない。だから、参加しないほうがいい、と最近は思うのだ。

「お兄ちゃん？　え、ちょっとお肉取ったの怒ってる？　ご、ごめんて」

「怒ってないよ……少し外で風に当たってくるよ」

「お兄ちゃん――ここは外だよ」

俺は家族から離れて、テントの裏に置いてあった椅子《いす》に座る。あんまり離れると土地勘ないから迷ってしまうし。

スマホを弄《いじ》り、ネットサーフィンを始める。こんな気分じゃ、駄目だ。空気を壊さないようにしなければ。気持ちを切り替えなきゃ……ん？

突き刺さるような視線を感じて俺はスマホの画面から顔を上げる。周囲はそれぞれの時間を楽しむ人たちがいるだけだ。

「気のせいか？　……」

再びスマホに視線を下ろし、数秒たって再び顔を上げる。いや、確かに視線を感じる。

俺は視線の正体を探るために周囲を見回す。

テントを組み立て始める中年の男性。

子供を連れて家族キャンプを楽しむ方たち。

一緒にたき火で暖を取るカップル。

チェアに座りながら文庫本を両手で持ち、俺を見据える女性。

「……」

「……」

「……」

「……」

え？　どうして視線をずらさないんだ？

気のせいかと思い、女性を見続けていた俺は根負けしてスマホに目線を下ろす。というか誰《だれ》だ？　胸を張って断言できるが俺には異性の知り合いとかいないはずだし。

チラッと顔を上げるとやっぱり文庫本越しに俺を見ている。だが視線よりも俺は彼女の容姿に目を奪われていた。

艶《つや》やかな黒髪のロング。切れ長でありながらくりっとした目元。色白な肌と整った顔の造形はテレビで見る芸能人みたいに華があり、間違いなく美人という分類になる。さらにスタイルの良さを際立たせる黒革のレザージャケットとジーンズという格好がとってもクールだ。

道を歩けば百人中百人が振り返るような、そんな女性が俺を見続けているのだ。

……どこかで知り合ったか？　いや、絶対にない。ないはずだ。一月末に北海道に来て、高校入学して一週目とはいえ、顔を覚えるのは得意なほうだ。

だが大人びているけど、よくよく見れば同学年くらいに見えなくもない。となると学校で出会った、はないか。俺に異性の友達はいないし、知り合う予定もイベントもない。

「っ！」

女性が文庫本を閉じ、立ち上がる。そのまま俺を見続け、近づいてくる。仕草の一つ一つがすごく絵になって映画のワンシーンのようだと思った。

そんな女性が俺を見て、近づいてくる。

まさか？　いや、思い上がるな。でも、これはあれなのか？　ラブなロマンスが始まるのか？　現実で？　いや、そんなのは幻想で、フィクションの世界でしかないはずだ。

興味がないわけじゃない。でも、俺には無縁だと思っていた。そもそも初恋だってまだだし、こんな出会い方があるだなんて誰が想像できる？

ザッ、と足音が止まる。すらりと伸びた両足が視界に入り、そのまま顔を上げると俺を見下ろす女性がいた。

心臓がうるさいくらいに跳ねて、俺はごくりと唾を呑《の》む。

「ね、貴方《あなた》」

「は、はい」

声が上ずり、俺は立ち上がる。身長は俺よりも少し高く、女性にしては背の高いほうだと気づく。急に立ち上がった俺に一瞬、瞬きをした女性は、表情を変えずに唇を動かす。

世界が色づく。あれだけ賑やかだった世界から音が消える。

真《ま》っ直《す》ぐに俺を見据えてくる女性の両目には、限界間際の俺の顔が映り込んでいる。

期待はしていない。でも、嫌でも考えてしまう。

澪に超インドアの出不精と言われる俺が異性に告白される時が来ようとはっ！

「――貴方。それはキャンプに対する冒瀆《ぼうとく》よ？」

「よろしくお、お願いしま――え？」

頭を下げた俺は自らの顔が一気に赤くなるのを感じる。熱い。熱い。熱い。勘違いをした事実に。ありえない妄想を抱いた自分に羞恥の大波が押し寄せる。本気で死にたい。

「あ、その。きゃ、キャンプ、ですか？」

ゆっくりと顔を上げ、まずは後ろに半歩下がる。女性は微かに首を傾げながらも俺の言葉に頷《うなず》く。

「そう。貴方、どうしてそんなにつまらなそうな顔をしているの？」

「つまらなそう、ですか」

「ええ。ちょうど視界に入っていて観察していたの。貴方、一度も笑っていないじゃない。こんなに周囲に自由で楽しいが溢《あふ》れているに」

腕を組み、女性は魅力的な笑みを浮かべるが、俺の中の熱は急速に冷めていく。

女性は指を立て、ギアを上げていくように饒舌《じょうぜつ》に語る。

「キャンプの魅力は色々あるわ。まずは周囲を囲む大自然。四季に合わせて景色は変わるし、過ごし方も変わるわ。例えばテントの通気性だったり、チェアの下地に使うクッションもモコモコだと最高ね。特に冬のキャンプはパチパチと燃えるたき火を見ながらのご飯もぐうの音も出ないほどに素敵。あとはあれね、最大の魅力は素が出せる開放感。知り合いがいない空間で、思いっきり背伸びするだけで、超、気持ちいいわ」

「……そうですか」

「？　何？　どうして不服そうな顔をしているの？」

むっと微かに頬《ほお》を膨らませる女性の仕草が少し子供っぽくて、可愛《かわい》い。

だがもう俺の心はときめいていない。なぜならば、この一方的な好きの押し売りを俺は知っているからだ。

そう。インドアな俺も自らの好きを熱く語れる自信がある。つまりこの女性は俺とは対極にいる存在。アウトドアな女性で、自らの好きを語っているのだ。

確かに俺はキャンプを楽しめなかった。だがキャンプを否定しているわけではないし、アウトドアを否定するわけでもない。

単純に俺には合わないし、そんな俺が無理して楽しむ必要はないと思う。逆に俺はインドアの楽しさを誰かに押しつけるつもりはない。

「楽しみ方は人それぞれだと思って。俺はその、家で過ごすほうが楽しいですし」

「家で？　漫画とか、ゲーム？」

「ええ。それに家ならネットで色々調べたり、動画でその様子も体験できます。わざわざ寒い外で、苦労して得られるものはないかなって。もちろんキャンプを否定するわけじゃな――」

「それは楽しむ努力をしていないだけよ」

「っ！　楽しむって努力する必要ありますかね？　自分が好きなことだけをする。部屋の中で完結する趣味や、楽しいことがあるのにわざわざ茨の道を行く意味が理解できない」

「っ！　試行錯誤しながらだからこそ、得られる楽しさもあるわ。確かに貴方の言うことも一理ある。ちっぽけだけどね」

「……」

「……」

水と油。野良猫とカラス。談笑が満ちるキャンプ場で、互いに間合いを計りながらキシャー、と威嚇し合う猫のように俺と女性は見つめ合う。

恐らくこの人も感じているはずだ。

わかり合えない。そんな予感が脳裏をかすめる。

なぜならばこの人は俺と少し、似ているからだ。

好きなことに一途。だから否定されることに反発する。

どこか冷めた表情で、黙っていれば作り物みたいな造形の顔立ちで、ぷくぅ、と頰を膨らませる目の前の女性はご立腹だ。

「もうお兄ちゃん、さっきは言い過ぎたって……え、えっとこの状況は？」

トングを持ちながら歩いてきた澪の声に、女性は思い出したように頭を振る。

「確かに。貴方の言うとおりね。楽しみ方は人それぞれだわ」

女性は背中を向けて歩き出す。だが数歩、歩いたところで立ち止まり、肩越しに俺をちらりと見てきた。

「でも、体験していないのに楽しめないと決めつけるのは、すうぅぅっごく勿体《もったい》ないと思うわ」

「っ」

この人、言い返すには絶妙な距離で捨て台詞を残していきやがった。

自らのテントに戻った女性はもう俺に視線を送ることなく、チェアに座り、串に刺したマシュマロをたき火であぶり始める。それを頬張《ほおば》ると両目をぎゅっとつぶり、実に楽しげだ。

「あの人、ソロキャンだぁ！　格好いいなぁ。お兄ちゃん、あんまり迷惑かけちゃ駄目だよ？」

「ど、どうして俺が絡《から》んだみたいに言うんだよ」

「えぇ？　だってお兄ちゃんのことだからキャンプ場でラブロマンスが始まるかも、とか思っていたんでしょ？　それに今時、よろしくお願いしますは、ねぇ」

「ちょっと待ってくれ。どこから見ていたんだ？」

「知らな～～～い。ほら、そろそろお父さんが片付けるの手伝って欲しいってさ」

「み、澪？　澪さん？」

澪の背中を追い、俺はふと、心の中で同じ言葉がぐるぐると回り続けているのを感じていた。

「キャンプ、か」

こうして黒山香月。高校一年春の家族キャンプは黒歴史というかたちで幕を閉じた。

# 第1話　インドア男子の受難

「やっぱりこの時間が一番好きだな」

放課後に行われる運動部の喧噪《けんそう》もこの旧校舎にある図書室までは届かない。クラスで大人しいからという理由で推薦された図書委員だが、やってみると自分に合っていると実感する。

主な仕事はカウンターでの本の貸し出し対応に、返却された本の整理。あとは新書管理と図書室を知ってもらい、もっと本を読んでもらうために月刊広報誌を作成すること。

図書室を訪れる多くの人が静かに本を読んだり、勉強したり、とそれぞれが自分の時間を過ごしているせいか、室内はとてもゆっくりとした時間が流れている。

なにより図書室で色々な楽しみが完結する所も素晴らしい、と個人的には思っている。

そして、委員会活動といいながら、本を読めるのは最高だ。内申点も稼げるし。

あぁ。インドアライフ、最高。

それに一緒に委員を務めるメンバーがほぼ全員、俺《おれ》と少なからず似ているという点も過ごしやすい印象を強めていた。

「黒山《くろやま》君。月刊誌の作成、依頼してごめんね？」

後ろから、声を掛けられて俺は貸し出し票を本に戻す。

「全然、大丈夫です。むしろ俺なんて新人が作ってもいいんですか？」

「いいのいいの。すっごく助かっているのよ。顧問の土井《どい》ちゃんも褒めてたし」

「そ、そうですか。それなら良かったです」

「うん。すっごく助かっちゃう」

木村彩愛《きむらあやめ》先輩。眼鏡《めがね》をかけ、腰まで届く明るい茶髪。おっとりとしたしゃべり方が似合う、可愛《かわい》らしい雰囲気を持つ三年生。対面したら分かるが、少し目のやり場に困る生徒でもある。

その、胸囲が高校三年にしては大きいのだ。

木村先輩のにこやかな笑顔から逃げるように、俺はＰＣに向き直ろうとする。

そのときだ。ガラガラ、と少し勢いよく図書室のドアが開く。

「ちわーす。お、木村先輩と黒山が担当の日か」

「あ、いらっしゃい。石川《いしかわ》君」

短めの茶髪に、ワイシャツを着崩した親しみやすそうな雰囲気の男子生徒。彼はヒラヒラと手を振りながらいつもの、窓際の夕日が当たる席に座る。

石川剛《つよし》。野球部のエースと呼ばれる二年生で、人当たりの良さから石川先輩のファンクラブがあると噂を聞いたことがある。最近は図書室でスポーツ医療の本をだいたい閉室まで、窓際の席で読んでいるのをよく見かけていた。

俺はPCを打つ手を止めて、石川先輩を呼ぶ。

「石川先輩。要望だった新書、来週入りますよ」

「マジか！　おぉぉし！」

「こら。図書室では静かに、だよ？　め！」

ズキュゥゥウン！

木村先輩のウィンクで図書室にいた男子生徒たちの心が射貫かれる音が聞こえた。

石川先輩は頬《ほお》を搔《か》きながらカウンターに近づいてくる。

「いや、めちゃくちゃ嬉《うれ》しいよ、マジで。あの本、高くてさ。市の図書館でも常に貸し出し中でいつも借りられなくてさ。買うにしては高いし、野球部はアルバイト禁止だしよ」

「よかったですね。えっと入ってくるのは来週の水曜日です、ね。近いです、石川先輩」

「だってお前だろ？」

「何がですか？」

「要望通してくれたの？」

「俺じゃない——」

「そうよ。すっごく熱心に土井ちゃんを説得していたんだから」

俺の言葉にかぶせてきた木村先輩の言葉に、石川先輩がにやにやしながら俺の肩を叩《たた》いてくる。いや、木村先輩。そういうことを言うのはどうかと思う。というかどうしてバレた？

俺の表情を見て、石川先輩が腕を組む。

「だってお前さ、ここ最近俺が市の図書館で借りていた本を借り出しているだろ？　ほら貸し出し票にお前の名前あるし」

スマホに表示された画像にはしっかりと俺の名前が記載されている。

「最初はあれ、と思ったけどさ。昔借りたやつも確認したらビンゴでさ。で、木村先輩に聞いたら黒山が色々動いてくれていることを知ったわけ」

俺は訴えるように木村先輩を見るが、木村先輩はにこにこしているだけだ。この微笑みに勘違いする人、多いんだろうなぁ、と本当に思う。

「でもマジで嬉しかったよ。だって、新書の要望っていままであんまり通らなかったしさ。それにスポーツ医学ってすごく限定的じゃん？」

「……限定的でも、望んでいるなら叶《かな》えてあげたいと思いますし。それに本当に必要かどうかは調べてみないと分からないから調べただけですよ」

チク。

あれ？　なんか引っかかるなと思っていると石川先輩が噴き出す。

「はは！　面倒くさい性格してるなぁ、黒山は」

「うんうん。黒山君は尖《とが》ったナイフだねぇ」

これ以上関わったらまずい。この二人はいわゆるコミュ力の塊で、仕事ができなくなる。

俺は広報誌作成を中断し、新書要望のアンケート箱の回収と本の整理のため、カウンターから離れる。

返却本を確認しながら書棚を移動していた俺はふと立ち止まった。

「あ」

「うん？　どうしたの黒山君？」

「え？　いや、何でもないです」

木村先輩の声に曖昧に返事して、俺は手に持った本を眺める。手元にあるのはアウトドア、それもキャンプに関する本だ。

そういえば四月上旬のキャンプは色々なことがあった。家族キャンプ自体はいつも通りだが、記憶に色濃く残っているのは楽しげにキャンプ愛を語るあの女性。

そして、告白されるかもと舞い上がっていた俺自身。

あれは黒歴史だった。人生最大級の黒歴史と言ってもいい。

ちらりと貸し出し票を見ると見慣れた名前が目につく。

「……あれ、この人の名前。ああ、あの四海道《しかいどう》先輩か……しかしこの人もキャンプ、か」

四海道文香《ふみか》。彼女のことはクラスメイトの男子生徒が話していたのを覚えている。

孤高の美人。少し近寄りがたい雰囲気を持つクールな先輩。この学校は学年ごとに階層が分かれているので、本人を見たことはない。だがキャンプ好きという話は聞いたこともなかった。

学年が違うし、接点もないから本当のところは分からないが、どうしてそんなにもキャンプに興味がある人が多いのだろうか？

わかり合えないだろうな、俺は。返却本を戻し、次は新書リクエストのアンケート回収箱の前に向かう。

すると石川先輩がスマホを取り出し、苦笑している姿が目につく。

「こら。図書室ではスマホをマナーモードにね」

「あっと、すんません。ただ、こりゃ急いで戻らないと」

「どうしたの？」

「いや、あはは。どうやらダチが無謀な挑戦して、玉砕したんです」

俺はアンケート用紙を取り出しながら仕分けていく。料理本。現代ファンタジー、新作出たのか、この作品。今度買おう。

「あのオオカミ先輩に告白して振られたみたいで」

「オオカミ先輩？」

「そうっす。三年のいつも一人でいる、あのすごく綺麗《きれい》な人。やけに大人びているというか」

「綺麗な……大人びてる？　んん～～～？　あ！　もしかして四海道さん？」

「そうそうそんな名前の生徒です。俺のダチが一目惚《ぼ》れして、今日告白したんですけど振られたみたいで。おぉ、通知が止まんねぇ」

えっと次は、ああこれは駄目だな。というか十八禁のライトノベル置いてくれって、それは流石に無理だろ。最後が、これか。えっとすごい熱量だ。というか文字数半端じゃない。

「あはは。四海道さんは美人だからねぇ。女子の私が惚《ほ》れちゃうくらいにお洒落で、綺麗だし。でも、そうだなぁ。私も話したことあんまりないかなぁ」

「ま、最初から告白した動機が見た目とか、失敗するなって思っていましたし。よし！　じゃあ、俺行きますんで。黒山も本当にサンキューな！」

「あ、はい」

俺が反応したときにはもう石川先輩は図書室を出て行ったあとだった。俺は手に持ったアンケート用紙に視線を下ろした。そこには整った字で余白を埋め尽くすほどに綴《つづ》られた、とある新書に対する要望と、希望者の名前が記されていた。

【希望者・四海道文香】

そう。クールという彼女がキャンプに対する熱すぎる想《おも》いを綴っていたのだ。

「……キャンプ、か」

本来であれば黒歴史として忘れ去りたい苦い記憶。だが綺麗な字で綴られたその熱い想いから、俺は目を反らすことなどできなかった。

◆

自宅に帰った俺の頭の中はキャンプと、あのキャンプ場で絡《から》まれた女性の言葉で埋め尽くされていた。ご飯を作っているときも。食器を洗っているときも。風呂《ふろ》に入っているときも。

「……キャンプ。そんなに楽しいのか？　俺は楽しくなかったけど……でも、あの人は」

ぼごぼごと湯船の中で言葉が泡になって消える。だが心の中に居着いた何かは消えることはない。

興味はないはずだ。だが意識が引っ張られる。そんな感覚。

結局、俺はあの熱すぎるキャンプに対する想いを綴った、アンケート用紙を持ち帰ってきてしまった。本当は映画化も控えた恋愛小説とかを仕入れたほうがいいかもなのだが……。

「お兄ちゃん！　少し遅くない⁉　見たい配信始まっちゃうよ！」

「あ、ごめん。今出る」

湯船から出て、パジャマに着替える。洗面所前で待っていた澪《みお》は明らかに不機嫌で、すれ違う俺を呼び止める。

「本当にもう。推しのリアタイは必須なのに……お兄ちゃん、もしかして虐《いじ》められてる？」

「ど、どうしてだ？」

「いや、お兄ちゃんが常にうわの空のときって、あれでしょ？　何か考え事しているときだし。お兄ちゃんの最近の事情を考慮すると……お兄ちゃんを守らなきゃって思うのが妹だし」

「嬉しいけど、お兄ちゃんはそこまで孤立していない」

「いいんだよ？　妹の前で見栄を張らなくても。アイス、冷蔵庫にあるから食べていきなよぉ」

ヒラヒラと手を振って洗面所に入っていく澪の気遣いに俺は苦笑いを浮かべ、自室に戻る。

ベッドに転がり、スマホを開いた俺はキャンプという単語を検索する。

まともに調べたこともなかったしなぁ……え？　テントってこんなに種類あるのか⁉

「しかも道具も多い……いや、高校生でこんなに金を使う趣味とか厳しくないか？」

スマホでキャンプについて情報収集しながら、俺は今までの家族キャンプの内容を思い出す。

「キャンプ飯もラーメンとかアヒージョとか、手をかける人もいるし。家ならもっと簡単に料理できるだろうに。でも、皆どうしてこんなに笑顔なんだ？」

動画と文章から得られる知識は俺が知らないことだらけで、未知を知るという行為は心を動かしてくれる。自宅にいながら色々な情報が得られる。これぞインドアの醍醐味《だいごみ》。

何本かの動画を見終えた俺はやっぱりと確信を得る。

キャンプ動画を投稿している人たちは皆、笑顔なんだ。そして、俺の記憶の中にいる両親や、妹も笑顔だった。

家なら給湯器も、油も、食器もある。なのにどうして外なんだ？　それにあの人も、めちゃくちゃ幸せそうにマシュマロを食べていた。

へぇ、とか。ほぉ、とか独り言が部屋の中に響いて、消える。聞こえるのは動画内で揺れるパチパチと燃える炎。

――体験していないのに楽しめないと決めつけるのは勿体《もったい》ない。

インドアの俺がアウトドアを楽しめるとは思わない。だから避《さ》けてきた。空気を壊さないために。でも、こんなにも熱く語れる人がいるならば興味が湧《わ》く。

午前三時。眠くなってきた両目を擦《こす》り、俺の中で輪郭を帯びてきた言葉を認めることにした。

「本気で体験していないから、俺は分からないのか？」

今思えばテント張りも、火起こしも、料理もいつも任せきりだったかもしれない。自宅では料理するとはいえ、アウトドアに関わってこなかったのは事実だ。

ちらりと、俺はテーブルの上にあるアンケート用紙に視線を送った。

知っているのは名前だけ。だが、少なくとも四海道先輩はあのキャンプ場で出会った女性と同じく、キャンプの楽しさを知っているのだ。

俺がインドアの楽しさを追い求めるように。ならば応援はしたい。

「……」

背伸びをして、ノートパソコンを開く。新書の要望を出すファイルに一文字ずつ打ち込んでいく。不思議と、敗北感はなかった。

でもこれって私情入りまくりだなぁ、と苦笑いしながら俺は朝を迎える。

◆

朝を迎えた俺の顔を見た澪は本気で俺が虐められて、思い詰めていると勘違いしたらしく、めちゃくちゃ優しく接してきた。

共働きの両親がすでに出勤していたのは幸いだった。俺は澪の詮索《せんさく》を逃れて、登校。授業中は半覚醒《かくせい》状態で過ごし、放課後になると職員室に向かった。

日溜まりができる窓際の席。そこに図書委員の担当教師である土井健介《けんすけ》先生がいた。

大柄な熊みたいな外見で、趣味が筋トレに登山。まさに図書とは真逆にいるようなアウトドア人間。だが本に対する愛情や知識は木村先輩を超えるほどだ。

ちょうど読書中だったのか、背伸びをした瞬間に野獣と――じゃない。土井先生と目が合う。いや、怖いよ。人を殺してそうな目つきだよ。

「ん？　黒山か。どうした？　反省文でも提出しにきたか？」

「違います。開口一番に言われるほど非行していないですよ、俺」

「がはははは。冗談だよ。だけど、若いからって夜更かしは褒められないな。さっきも現国の竹山《たけやま》先生から黒山が珍しく居眠りしていたから反省文を書かせてくれって頼まれてな」

「いや、常習犯じゃないなら見逃してください。理不尽です」

「何事も経験だぞ、黒山？　社会に出たら分かるさ。理不尽とは戦うものじゃなくて、適切な距離感で付き合うものだってな。まぁ、何事も経験だ。がははは」

俺の抗議の声に土井先生は犬歯を見せながら笑う。この姿で担当教科が数学とかギャップありすぎだろう。

不名誉な反省文用紙をもらい、俺は本題に入る。土井先生は俺の渡した要望書に目を通し、心を覗《のぞ》き込むような視線が俺に向けられる。

「新作ファンタジー、料理本も分かる。これらは話題性もあるし、普段図書室に足を運ぶことのない生徒層も取り込める材料になるだろう。それに感情論ではなく、ちゃんと数字で相手を納得させようという姿勢もいい。木村も言っていたが、黒山が来て良かった」

資料を作るのは苦じゃない。相手の理解を得るにはそれ相応の材料が必要だ。

まずは需要。この本を入荷することをどのような層が求めているのか。

次に費用。仕入れに対し、どれだけの期間で完済できるか。

そして、効果。高いお金を払ってこの本を入荷して図書室にどのようなメリットを生むのか。

前回の高価な医療本も何とかデータをかき集めて納得させた。

でも、今回は少し違う。最後の最後で私情が入った。それをこの人が見逃すはずがない。

「で？　この最後のキャンプ本についてはどう、プレゼンしてくれるのかな？」

来た。どう料理してやろうか、と蜂蜜を前にした冬眠明けの熊みたいに瞳をキラキラさせる土井先生を見て、俺はごくりと喉《のど》を鳴らす。

下手な小細工は効かない。逆効果だ。

「私情です」

「私情？　マジか？　これ、アウトドアの本だぞ？　超インドアのお前が？」

「はい」

噴き出す土井先生の大笑いが職員室中に響く。教頭が咳払《せきばら》いして、土井先生は目尻を拭う。

「いやぁ、すまん。教師をしてきて、ここまで清々しい答えは初めてでな？　しかし、私情。くくくっ！　で、どんな私情でこのキャンプ本を新書として入れたい？」

「……前に、ある人に言われたんです。体験していないのに楽しめないと決めつけるのは勿体ないって」

「ほう？」

「俺は外で活動する楽しさが分かりません。楽しめないと思っているから。でも、否定するつもりもない」

「……」

「今まではそれで良かった。でも、面と向かって言われて少し、悔しかった。そんな風に燻《くすぶ》っているときに、俺が知らない分野で、それを楽しむ人間がいて、望んでいる本があることを知った」

「だからこの本を入れたいと？　先月の医療本ほどじゃないが、それなりに高いこの本を？

「たかが一人のために？　しかもお前の私情で？　それで費用に対する効果があると？」

厳しい。見た目は野獣。中身は理系。詰め方が高校生に対する詰め方じゃない。正直怖いし、逃げ出したいくらいだ。

でも俺の答えは変わらない。だってこれは私情だ。それしか答えがない。

「効果はないかも、しれないです。ただ、この一人は喜んでくれる、と思ってます」

「……がはは。がははははは！　本当に私情だな、黒山」

「やっぱり駄目、ですか？」

「会社勤めならば叱責もの……だがここは学校。俺は教師で、お前は学生。学生がここでしか学べない、体験できないことを手助けするのが教師の本懐だ」

「なら！」

「教頭には文句を言われるだろうが、まぁ頑張ってみるさ」

「ありがとうございます！」

ぐっと拳《こぶし》を握る。正直、要望が通る確率は半分ぐらいだと思っていた。図書委員になって木村先輩からこの仕事を任命されてからも、何度も土井先生には駄目だしをもらった。

ニヤニヤして俺を見上げる土井先生の視線に耐えかね、表情を元に戻す。土井先生の手元にある要望書には、アンケート用紙に書かれた要望者のコメントを記載している。土井先生が流し読みして、ちらりと俺を見る。

「これが黒山の心を射止めたラブレターか。黒山がここまで頑張ったとなると喜ぶだろうな?」

「変な勘ぐりはやめてください。俺は別に見返りは求めていないですし」

「まぁ、黒山はそういうタイプじゃないことは俺も木村も知ってるさ」

俺自身の性格はあまり喋《しゃべ》らないクラスメイトにはバレてはいないが、図書委員メンバーには俺がインドアの少し、ほんの少し面倒くさい奴だと知られている。

それにだ。変にラブロマンスを期待して、恥を掻くのはもうこりごりだ。

一息つく俺とは逆に土井先生は一枚の要望書を揺らす。

「しかし、この学校にもこういうアウトドア趣味の奴がいたんだな。誰《だれ》が——四海道か、これ」

「四海道先輩を知っているんですか?」

「知っているもなにも四海道は俺が受け持つクラスにいるしな。それにしても、くく」

「? 土井先生?」

何故《なぜ》か土井先生は口元を隠して含み笑いをした。

ちらっと俺を見て、また笑うのだ。

「すまんすまん。俺も結構見ているつもりだったが、まだまだだなって思ってな。これは預かっておく。さ、学生は放課後ライフを楽しみなさい。今日は委員会のシフト入ってないんだろ?」

「はい。自宅にこのまま帰る予定です」

「ぶれないな、黒山は」

いや、苦笑いを浮かべられても放課後ライフとか俺には無縁だ。友達だっていないし、家でできることはたくさんある。アニメとか、ゲームとか、映画鑑賞。あとは料理もいい。

うん。やっぱりインドアは最高だよ。

◆

四月下旬、月曜日。

新書として俺が要望を出した本が図書室に届いた。掲示板に新書案内を出し、ニコニコと微笑む木村先輩と雑談し、窓際には真剣な表情で本を読む石川先輩がいる。図書室を訪れる学生がそれぞれの時間を過ごす。

窓から差し込む光が傾きはじめた頃、図書室内には俺と木村先輩しかいなかった。

「んしょっと。これで整理は終わりだね。そろそろ閉めちゃおうか？」

時間を見ればもう十六時三十分。確かにそろそろ閉室してもいい頃合《ころあ》いだ。

「そうですね。あ、ＰＣとか落としておくので先に上がってください」

「悪いよ、そんなの」

「そういう木村先輩だって俺を先に上がらせてくれるじゃないですか。だから今日は俺が」

「……ん。了解。じゃあ、甘えちゃおうかな？」

上目遣《うわめづか》いで、俺を見る木村先輩は罪深い。本当に恋に落ちる生徒が増えてしまうだろう、これ。

木村先輩が図書室から出て、俺はＰＣを落としていく。

そのときだ。パタパタ、と廊下から足音が聞こえてくる。

「運動部か？　でもこっちには部室もないし」

徐々に大きくなる足音を不思議に思いながらも、俺は閉室の準備を進める。だがその足音は図書室前で止まったのだ。

「え？」

ガラッ！　スライドドアが開き、俺も振り返る。

「ごめんなさい！　黒山香月《かづき》君って、いるかしら？」

息を切らす、女子生徒がそこにいた。

膝元《ひざもと》で揺れるスカートから覗くストッキングに包まれた両足は細く、しなやかな筋肉があることが分かる。艶《つや》やかな黒髪をサイドテールに束《たば》ね、細身な外見だが、ブレザーを着こなす肢体はスタイルの良さが際立《きわだ》っている。

若干赤く染まった頬が、余計に肌の白さを際立たせる。木村先輩とは違う方向性だが、綺麗だと思ってしまう整った顔立ちの女子生徒は図書室内を見回し、俺と目が合う。

「黒山は俺ですけど？」

「貴方《あなた》が！　ええ、んん。私は――これ！」

俺が名乗ると女子生徒はスカートを払い、咳払いをして言葉を続けようとするが、新書コーナーにある本を見つけるや、両手で握りしめる。

「え？　ああ、今日入荷の新書で」

「貴方が先生に言ってくれたんでしょ!?　ありがとう、本当に！　私、土井先生に聞いて、どうしてもお礼が言いたくて――ん？」

「俺は別に何も――ん？」

俺は日頃、澪に観察力を鍛えられている。何でも将来のお嫁さんの機微に気づき、円満な夫婦生活を送れるように、と。恐らく俺には無縁だとは思うが、それなりに鈍感じゃないほうだ。

だから、この女子生徒があの四海道文香だということは言動で気づけた。

でもこれは予想外だ。彼女にとっても、そうらしく。笑みは薄れて、困ったような顔になる。恐らく俺もそんな顔だろう。

だって、彼女はまだ新しい俺の黒歴史に残る、あのキャンプ場で絡んできた女性だからだ。

「貴方、あのときのインドア君、よね？」

インドア君って――ああ、俺のことか。そうだよな、それしかないよな。

女子生徒は言葉を選び、ゆっくりと驚きの表情を解いていく。真顔の四海道先輩は噂通り、やばいほどの美人だ。

「そう。貴方が。でも、ううん。違うわね——私、四海道文香と言うわ。黒山香月君、キャンプ本を、この本を置いてくれたと聞いて。嬉しかった。本当にありがとう」

「いや、俺はただ、仕事をしただけで」

「でも土井先生からは、黒山君が私情で私のために動いてくれたって聞いたわ」

ぐいっと距離を詰めてくる四海道先輩。

何言ってくれているの、土井先生。私情とか、ややこしくなるだろうっ。それに待てよ、俺が四海道先輩のためと言ったか？

「ご、誤解だ。いや、誤解です。俺は仕事しただけですし。勘違いですっ」

「そんなに否定しなくてもいいのに。でも、そうね。貴方はキャンプの楽しさが分からないって言っていたしね」

「ええ、俺はやっぱりインドアが好きです。アウトドアに興味はもてない」

苦笑する四海道先輩。話していると仕草の一つ一つがやっぱり大人びていて、告白する男子生徒がいるのも分かる。だからこそ、変に誤解されたくないのだ。

俺は図書委員で、仕事をしただけ。それだけなんだ。

「でも嬉しかったのは本当。キャンプって意外とお金が掛かるし、あまり遠出すると学校休まなきゃいけないから。こうやって色々な人のキャンプ体験談を本で読むと、あれ？」

先輩は本棚の前に進み、一冊の本を開いて言葉を止める。

どうしたのか、と思い近づいたと俺の両足は縫い付けられたかのように動かなくなる。

そうだ。あの書棚は。あそこにはこの図書室の中で唯一、アウトドアに関連する専門誌が収められている。

そして、四海道先輩が手に持つ本は、ちょうど貸し出し者の名前が記されたページが開かれている。

「ね。黒山君？」

細く、しなやかな指で貸し出し者の名前を撫《な》でる姿から目を離せない。その指の先にはきっと二人しか借りた記録がないことが記されているだろう。

貸し出し者・四海道文香。そして、黒山香月と記載されているはずだ。

「四月二十日」

「ぐっ！」

「こっちは四月二十二日」

「うっ⁉」

「これも四月二十二日」

本を取り出しては、貸し出し記録を確認して、戻す作業を続ける四海道先輩。チラチラと俺に視線を送り、徐々に言葉が熱を帯びていく。

俺が木村先輩や他の図書委員に内緒で、アウトドア関連の本を借りたのは事実。調べるうちにこの本はどんな感じなんだ、と手が伸びる感覚。本好きなら分かってくれるはずだ。

　俺は誤魔化《ごまか》すように咳払いして、カウンターに戻って閉室の準備をするが、四海道先輩の視線を感じてキュキュ、と俺の首が絞まっていくのを感じる。

「これで全部ね。でもそうか。興味がない、ね」

　パタン、と本を閉じる音が静寂をぶち壊す。声を出そうにも出てこない。喉が渇く。四海道先輩が近づいてきて、澪とは違う微《かす》かな甘い匂《にお》いが鼻をくすぐる。

「あ、これには事情があったんだ。そう！　妹がキャンプに興味があって、本を借りてきてって言い出して」

「君の妹さんが？　でも彼女、キャンプ好きだよね？　見てると分かるし」

「でも、俺はアウトドアとか興味がないから」

「と言いつつも全部読破しちゃうくらいに、興味が湧《わ》いたんだね？」

「……先輩、性格悪いって言われませんか？」

「うん。自分でも不器用だなっておもう」

　俺には分かる。この人、楽しんでいる。木村先輩とは違う、自分の強みを理解し、受け入れている微笑に心が揺らぐ。

「ふふ。でも、そうか。興味持っちゃったか」

　二人を隔てるのは腰ぐらいの高さのカウンターテーブルだけ。俺と先輩は向かい合い、見つめ合う。まつげ長いし、いい匂いするし、俺の心臓が本当にうるさい。

「キャンプにハマってから、学校でも、家でも、週末はどこに行こうって考えててさ。周りと話とか合わないし、近場で話せる人もいなかったの。だから、仲間ができて少し嬉しい」

「仲間じゃないです。それに俺は、嬉しくありません。ほら、閉室しますよ」

「君、少し面倒くさいタイプでしょ？　私と同じで一人で色々したいタイプの人だ」

四海道先輩はくるりと回り、図書室を出て行こうとして、止まる。

「どうしましたか？　本当に閉めますよ？」

「ね。お礼と言ってはあれなんだけど、貴方の週末、私がもらっていいかしら？」

「お礼とか本当にいいで——俺の週末？」

「インドアな君にキャンプの楽しさ、教えてあげる」

スカートが揺れ、微笑する四海道先輩の表情に俺は心を奪われる。パタパタと遠ざかる足音に俺は現実に引き戻される。

「週末？　冗談だよな？」

俺の言葉はひっそりと、図書室の静寂に飲み込まれていく。

◆

「お兄ちゃん？　なんか最近キモくない？」

「いきなり兄をキモいとか言わない」

「ええ。だって時計を何回も見たり、溜《た》め息も多いし。なんかキモいよ」

朝食を作り、皿洗いをしていると澪が躊躇《ためら》いもなく言ってきた。いや、妹からでも他人からキモいって言われるのはきつい。キモいって言葉消えてくれないかな。

「ほら！　またカレンダー見てるし」

自然とカレンダーに視線が吸い寄せられる。それもそのはず。今日は火曜日から始まった平日の三連休明けの金曜日。そして、明日が土曜日。

——週末、私がもらっていいかしら？

「っ！」

「い、いきなり壁に頭をぶつけないで⁉　ほ、本気で怖いから！」

不意に思い出される言葉に顔が熱くなる。だってそれはそうだろう。誰かに。特に異性にあんな言葉を言われたのは生まれて初めてだった。

図書室に来訪した四海道先輩の発言の後、家に帰った俺は普段通りに過ごしていたと思う。でも湯船に入り、歯を洗い、ベッドで横になった瞬間に思い出した。

いや、冗談なんだよな？　でも冗談じゃなかったら、どうすればいいんだ？　悶々《もんもん》としながら俺はその日寝られなくて、そのままゴールデンウィークに突入。

いつもなら夜通し映画やゲーム、または新しい料理に挑戦したりと、インドアライフを満喫するのだが、今回はそうもいかなかった。頭に常に四海道先輩の声が蘇《よみがえ》り、集中できない。火、水、木の祝日は睡眠不足の三連休となったことは言うまでもない。

最悪な目つきだったと思う。今のスマホ履歴を見るとキャンプが八割を占めている。

そんな休日を過ごした俺が、カレンダーとスマホを見てしまうのは必然といえば必然だろう。

からかわれている？　いや、四海道先輩は変わっているが嘘《うそ》を言う人じゃない気がする。好かれている？　それこそもっとない。自慢じゃないが、俺と四海道先輩は対極の人間だ。

インドアとアウトドア。つまり水と油のような交われないタイプの人間同士だ。

ならば本気で俺を、自慢じゃないが筋金入りのインドアな俺を、キャンプに連れて行こうとしているのか？

そう考えるともう気が気じゃない。家族とだって楽しめなかったキャンプ。それを年上の、美人な先輩と過ごして楽しめる可能性が欠片《かけら》も見いだせないのだ。

そんな俺の心など知らない澪は、俺を台所から追い出すように体をぶつけてきた。

洗いかけの皿を奪い、半目で睨《にら》んでくる。

「今日は私が代わるから早く学校行きなよ」

「いいのか？　今日は俺が当番の日だけど？」

「いいって。でもあれだね。悩みがあるなら家族を頼りなよ。私だって相談ぐらい乗れるし」

「澪が妹で良かったよ」

「――っ！　もうお兄ちゃん、面倒くさい。ほら邪魔邪魔」

言葉は辛辣だが、澪の優しさが染みる。俺はありがたく台所を離れ、振り返る。

黒山家の血筋を色濃く受け継いだアウトドア好きな妹に聞きたいことがあった。

「澪、キャンプって楽しいか？　実際、キャンプを楽しむにはどうすればいい？」

俺の言葉が予想外だったのだろう。澪は眉《まゆ》を八の字にして、小さく声を零《こぼ》す。いや、そんなに怪訝《けげん》な顔をしなくてもいいのではないだろうか？

「お兄ちゃん？」

「い、いや。少し気になって」

「お兄ちゃん。ちょいと待って」

「ぐぇ!?　み、澪さん？」

がしっと首元を摑《つか》まれて、息が詰まるが澪は離してくれない。そういえば澪は剣道部の副部長だった。下手したら腕力で勝てないかもしれない。

「私がどれだけ指摘しても、アウトドアに興味をもたなかったお兄ちゃんがどういうこと？」

「い、いや何でもない」

「何でもなくないよ。てっきり人間関係で悩んでいると思ったけど違うよね？　何？　何がお兄ちゃんに起きているの？　お兄ちゃんが学校卒業したら、部屋から出ずに働くとか言い出しそうって私とパパ、ママで心配していたのに。何が起きているの？」

いや、俺の知らないところで俺のこと心配しすぎだろ。まぁ、休みの日も部屋で映画鑑賞とかゲームしかしていないし、気持ちは分からないでもないが。

皿洗いを中断して俺を見据える澪の圧は、絶対に譲る気はないことを無言で訴えている。

この状態になったら澪は譲らない。俺は話したほうが楽か、と考えて経緯を話した。澪が遅刻してしまったら申し訳ないので、駆け足気味になりながらも説明する。

すると澪はどこか興奮した様子で、瞳《ひとみ》をキラキラと輝かせはじめたのだ。

時折「うそ、やばすぎ」とか、「超テンション上がるんですけどぉ！」とか言いつつも、澪は満面の笑みを俺に向ける。

「お兄ちゃん。私も安心してお嫁にいけるよ」

「お嫁って――ちょっと待て。お前、誰かと付き合っているのか？」

「まだだけど、これから分からないじゃん。ただそうかぁ。四海道文香先輩かぁ」

ふんふんと言いつつ、スマホを開き、誰かとＬＩＮＥする様子に俺は気が気じゃない。忘れていたがこの妹は、行動力の塊なのだ。思い立ったら即行動は当たり前。

そして恐ろしいことを言うのだ。

「うん。四海道さんとお友達登録完了」

「どこをどうして、どんな交友関係をお持ちなんですか？」

「ふ。ふ。ふ。それは明かせませんねぇ。ただ女子中学生ネットワークは好奇心と若さでめちゃくちゃ広い」

なんだよそれ。いや、意味分かんないよ。

「あの時もめっちゃ、格好いいなって思ってたし。一人でテントを張って、自由に過ごす。んん！　難易度高いけど憧《あこが》れるなぁ。きっとクール美人さんだよね」

「実際に話すとぐいぐい来る人だぞ？　俺と少し似てる気がする」

「面倒くさいってこと？」

「迷う時間もなく兄を面倒くさいって言わないで」

「本当のことじゃん」

まぁ、確かに俺は面倒くさいかもしれないが……あれだろ。本当は面倒くさいわけじゃないかもしれないだろ。

「お兄ちゃん。このままじゃぼっちの極みみたいになるんだから、少しは別の世界も知るべきだよ。私、お兄ちゃんに結婚式でスピーチ頼みたいんだから」

「い、インドアしか勝たないんだ。だから俺は……やっぱり彼氏いるのか⁉」

「だからいないって。あ、もうこんな時間だ。ほら学校行くよ！　お弁当はこっちね。じゃあ、気をつけてね」

パタパタと自室に戻っていく澪の背中を見て、俺は顔を顰《しか》めることしかできなかった。

弁当を持って、家を出る。

「きっと俺の思い過ごしのはずだ……ただ、変な展開なんてないか、調べるだけなら無駄にならないし。調べるのは好きだし」

言い訳を口にしながらも、澪が変なことを言うので雑念が湧いてしまう。頭をふって、誤魔化して俺はスマホを取り出した。

通学路を歩きながら、俺はスマホを開く。検索内容は『初めてのキャンプ　キャンプ飯キャンプ場』と俺は情報収集を始める。

「……そもそもどうして先輩はキャンプが好きなんだろう」

昼食時の休み時間。俺は窓際の席からテラスを見下ろして、呟《つぶや》く。

実際にキャンプについて調べていくと色々な楽しみ方とか、過ごし方があることは分かった。だが情報だけだと俺にはその楽しさがやはり分からない。というか家で過ごした方が絶対に楽しいと思う。

だって屋内で料理したほうがよくないか？　後片付けも楽だし。

と考えていたときだ。テラスで見知った人影を見つけた。

「おい。あれ四海道先輩じゃないか？　くぅ、いつ見ても美人すぎるだろっ」

「お前も好きだよな、クール美人。まぁ、スタイルいいしな」

同級生の声にドキリ、と心臓が跳ねる。そう、俺も同じ人物を見ていたからだ。視線の先、テラスのベンチで本を読んでいる女子生徒は一人だ。周囲に友達の気配はなく、ただベンチに座っているだけなのに絵になる。

「あの冷めた表情で罵《ののし》られたい」

「お前、気持ち悪いな」

「ばか！　あの冷めた目で罵られたら最高だろうが！」

問題はそこが学校でも有名なカップル御用達の屋外テラスだということだ。遠慮がちなカップルの視線など気にせず、真剣な表情で本を捲《めく》っている。

冷めた表情。クール。美人。群れない単独主義者（言い方は悪いが、お一人様だろう）。

確かに四海道先輩はそんな印象だ。

「……誰も信じてくれないだろうな」

その表情のギャップに少し驚いてしまう。俺はもしかして夢でも見ていたんじゃないか？

四海道先輩は確かにクールだろう。ああやって黙って静かに本を読んでいるだけで、芸能人も霞《かす》んでしまうオーラがある。綺麗な人だとは思う。

だからこそイメージと実際に話した印象が噛《か》み合《あ》わないのだ。

ならば俺がこの間会った四海道先輩は何だ？　ぐいぐいとくる少し面倒くさそうで頑固な性格。そして、最後に見せたあの微笑。

記憶と印象が結びつかない。あのクールで、美人だけどとっつきにくいと評判の先輩が、お礼ぐらいで俺をキャンプに誘うわけがない。あるはずがない。

「まぁ、冗談だろうな。冗談」

四海道先輩から目を離し、スマホを操作する。

検索ワードは火起こし、キャンプ用具、おすすめキャンプ場。

冗談でもいい。からかわれても、だ。つまるところ負けた気がしたのだ。調べもせず、楽しくないと決めつけるのは。

そう。調べて楽しくないと分かれば胸を張ってインドア最高と言えるのだから。

俺は金曜日の夜をフル活用してキャンプについて調べた。調べれば調べるほど、俺の中で膨れ上がる疑問。楽しさは相変わらず分からないが、知識を得るのはやはり楽しい。

結局、寝付いたときには午前一時を超えていた。

◆

ピンポーン。ピンポーン。ピンポーン。

翌日。土曜日の午前八時ちょうど。黒山家のインターホンが鳴り響く。

「こんな朝早くから誰だ？　すいません、営業なら結構で、す？」

「おはよう。どうして驚いた顔をしているの？」

バタン、と俺は扉を閉めた。頭を掻き、もう一度玄関を開ける。

「おはよう。黒山香月君。いい朝ね？」

制服姿ではない四海道先輩がそこにいた。

両足を包むデニムに女性向けのショートブーツ。緩めの白シャツの上に黒革のレザージャケット。サイドテールを解き、薄く施されたナチュラルメイク。

正直、心臓に悪いほどオーラがある。

「どうして先輩がここに？」

「どうしてって週末にキャンプへ行くって言ったじゃない。妹さんからは貴方も準備を進めていたと伺ったけど？」

「い、いや。てっきりからかわれていると思っていて――」

「おはようございます！　今日は愚兄がご迷惑をおかけいたしますが、よろしくお願いいたします！」

「み、澪⁉」

ぐいっと俺を押しのけて顔を出したのは、完璧《かんぺき》と言えるほどの笑みを浮かべた澪だ。

すると四海道先輩も会釈する。

「あ、澪ちゃんもいたんだ。おはよう。今日は部活？」

「はい。大会も近いので全力練習中です！　先輩は、うあわぁぁぁぁぁぁ！　何これ何これ！」

俺の戸惑いも関係なしに澪は玄関を飛び出し、玄関前に駐車してあるバイクに駆け寄っていく。

黒光りするそれ。街中で見かけるスクーターよりも大きい二輪。ピカピカに磨き上げられたバイクが黒山家の前に止まっていたのだ。バイクの後部にはスライドキャリアが装備され、大量の荷物が取り付けられている。確か、本で読んだが積載量を増やす装備だったか。

誰が止めていったんだと思い、周囲を確認するが誰もいない。こんな朝早く、しかも住宅街に路上駐車なんて誰が？

「ああ。このバイク？　私の相棒のベルちゃんよ」

四海道先輩は微笑を浮かべて言う。

「今日は天気がいいからしっかりベルちゃんを磨いてきたし、準備万端ね」

聞き間違いじゃない。確かに先輩はベルちゃんと言った。磨き上げられた外装を優しく撫でているし。

そうか。四海道先輩はバイクに名前をつけてしまう系か。

「先輩のバイクなんですか？」

「ええ。高校一年の時に免許を取って、それからはこの子とキャンプしているの」

バイクと四海道先輩を交互に見ると確かになんかしっくり来た。

「それってそれってソロキャンってやつですよね！　格好いいな。憧れます！」

「澪ちゃんも十六歳になったら免許取れるよ。取れたらツーリングしよ？」

「是非！　やった――――！」

「……いつの間にそこまで仲良くなってるんだよ」

「君も加わる？」

「遠慮します」

意地悪な質問をしてくる先輩の言葉を否定する。いや、無理に決まってるだろう？

しかし、と俺は現状を再確認する。

宣言通り迎えにきた四海道先輩。彼女の格好は完全にバイク乗りのそれだ。だがバイクの後部に取り付けられている荷物は動画で見たよりもかなり少ない。

俺の視線に気がついたのか先輩は少し嬉しそうにバイクを撫でる。

「私は日帰りのＤａｙキャンプしかまだしていないから荷物も少なくてすむの」

「なるほど……動画だとキャリアとかサイドパニア？　とかつけるって言っていたので」

「うん。日の出ているうちに帰ることが多いからシュラフとかは省けるんだ。でも」

「え？」

ぐいっと上目遣いで四海道先輩は覗き込んでくる。

「なんか詳しいね？　もしかして調べてたのかな？」

「ち、違う。違いますっ。俺も免許取ろうと思っていて、それで」

「ふ――ん？」

全然納得していない様子の先輩の視線から逃げるように顔を背《そむ》ける。

「ああ、お兄ちゃんは素直じゃありませんから。じゃ、お兄ちゃん行くよ」

「み、澪?」

「四海道先輩。十分ぐらい待っていてくれますか？　今、愚兄を整えますんで」

「う、うん。私は全然大丈夫だけど」

チラッとこっちを見る四海道先輩に俺は精一杯首を振るけど、澪は止まらない。俺を家の中に引っ張っていく澪。こういうときの澪はもう誰も止めることができない。

「今回は車じゃないし、いつもの軽装だと大変だと思うよ？　ただでさえお兄ちゃんはお洒落とか、服装に無頓着だし」

「いや、澪。別にキャンプ行くだけだし」

「黙って。お兄ちゃんはリビングで待ってて」

有無を言わさない圧を放ちながら澪は二階に上っていく。そして、パタパタと元気な足音を立てながら戻ってきた。

「お兄ちゃんとお父さんって背丈はだいたい同じだし、お父さんに借りておいたんだよね。ほら、バンザイしてバンザイ」

澪が両手で摑んでいるのは、キャンプ動画で見かけるようなアウトドア用の服だ。普段家族キャンプで着ている軽装とは大分趣が違う。確か、父さんがへそくりで買って、母さんが激怒したときの服だった気がする。

俺は着せ替え人形のように着替えさせられながら、上機嫌な澪に尋ねる。

「澪は冗談だと思ってなかったのか？」

「冗談？　ないない。少し四海道先輩と話したけど、あの人ガチのキャンプ好きだし。それにお兄ちゃんみたいに頑固だから、冗談はないかなぁって」

「すまん」

「湿っぽいなぁ。ま、あのインドア大好きなお兄ちゃんが新しい分野に踏み出すんだから、お父さんもいっぱい汚してこいって言っていたしね」

俺の状況ダダ漏《も》れだな、と苦笑いしつつ、俺は父さんが保有するある調理器具に目を向ける。

「……澪、これもいいのかな？」

「ん？　いいんじゃない？」

「そうか。じゃあ、ちょっと台所にも寄って」

手早く準備を済ませて十分後。俺はアウトドア掛かってこいと宣言するようなウェアでコーディネートされていた。

「おお。すごいね。似合う似合う」

「うんうん。いい感じいい感じ！」

胸を張る澪と全身を眺めてくる四海道先輩に、俺は気恥ずかしさを覚えてしまう。

「うん。じゃあ、行こうか」

頷《うなず》く四海道先輩は踵《きびす》を返し、バイクに近づいていく。

「ほ、本気で行くんですか？」

「もちろん。君の週末をもらうって私、言ったでしょ？　私、お礼は必ずしたい主義だし」

ヘルメットをかぶり、四海道先輩はバイクに跨《また》がる。

どうやら断る選択肢はないらしい。それに妹がここまでお膳立てしてくれたのだ。流石にここで駄々を捏《こ》ねるのは兄としてはしたくない。

俺は覚悟を決めて歩き出そうとして、止まる。

「どうしたの？」

「お兄ちゃん？」

不思議そうな二人に俺は純粋な疑問をぶつける。

「あの、四海道先輩。俺はどうやってキャンプ場に行けばいいんですか？」

先輩はバイクがあるのでいいが、俺には免許もなければバイクもない。だが四海道先輩は何ともない声で答える。

「私の後ろよ。ほら、手を回して」

「後ろ？　俺が四海道先輩の？」

「？　何か問題あるの？　ほら、早く」

何を言っているんだ？

確かにタンデムシートに座れば問題ないだろう。だがそうすると俺の両腕は先輩の腰に回るわけで、下手したら胸――。

「お兄ちゃん。流石に、触れたら軽蔑《けいべつ》するから。一生口きいてあげないから」

「ぜ、善処します」

にっこりと微笑む妹に俺はぎこちなく頷いて、四海道先輩を見る。

「じゃ、行こうか。目的地は定山渓《じょうざんけい》！　Ｄａｙキャンプに ＧＯ」

普段通りのテンションで宣言する四海道先輩との、初めてのＤａｙキャンプが始まる。

乙！　今日もお酒が美味いっ

お疲れ様　お酒飲んでるの？

今日のお供は酎ハイ2缶とウィスキーのロック
社会人なら通常運転

ブラック企業の闇を見た

言い方笑

そういえばキロロのほう行ってきたよ

最高だったよ。これ、写真

開拓してきたんだね？
おぉ、めちゃくちゃ景色良さげじゃん

うん。焼きマシュマロも挑戦できて満足。だけど

けど？　何？　恋バナ？

いや、その変わった男の子に出会って
ちょっと言い争いしたというか

マジで恋バナ！

いや、恋とか、私、まだよく分からないし
でね？　その家族キャンプで来ているっぽい
男の子がいてね？　つまらなそうにしていて、
キャンプの魅力を伝えてみたの
楽しむって努力する必要あるかって言ってきて、
私も言い返しちゃって
私、よくよく考えたらなんか悪いことしたなって

乙女め
娘はいないけど、
娘が彼氏紹介したらこんな気分なのかも

ノリがすごく、すごくキモい

現役JKのキモいが突き刺さる!?
だけど冗談はさておき
そこまで気にする必要なくない？　人間なんて
互いに好きを押しつけ合う生き物だし
逆に言い争いしたってことは良き

そういうものかしら？

そういうもん。これ、経験談ね

……ありがとう。少し気分が晴れた。うん

なんせ高校卒業してから無駄に
9年ぐらい生きてないしね
とりあえずキャンプ開拓できたようで、
良き良き

よし。ベルちゃん拭いてきます
あとでキャンプ写真アップする
あと、お酒はあんまり飲み過ぎないようにね

気遣いサンキュ

Staying at tent with
senior in weekend,
so it's
difficult for me
to get sleep
soundly tonight.

# 第2話　誰もが知らない『先輩』の顔

定山渓《じょうざんけい》。北海道札幌《さっぽろ》市の南区にある地域の名称であり、地区内には賑わう温泉街を形成する定山渓温泉や、四季の景色を楽しめる大自然がある。そして、カッパ伝説でも知られており、札幌を代表する観光地の一つだ。

札幌市街からだと確か、国道二百三十号を車で走り、五十分くらいだろうか。

東京から引っ越して初めての家族キャンプで行ったことがあるが、正直な話を言えば道中はずっと本を読んでいたので風景などは見ていなかった。

だから今回の道中は色々な意味で新鮮だった。

市街を走ってるときは見慣れた人工的な家屋や、飲食店が視界を彩《いろど》っていたのだが、道路標識の定山渓までの距離が縮まっていくにつれて、徐々に緑が増えていく。

市街地を抜け、二車線の道路を道なりに進んでいくと一気に視界が開けて、清々しい青空と夏に向けて緑に染まっていく途中の山並みが飛び込んでくる。

対向車線と併せて四車線の道路の周囲には大量の冬木と、陽光に照らされて色濃く輝く緑の木々が並んでいる。

空を遮《さえぎ》る物は何もないため、澄み切った青空が視界の半分以上を埋め尽くし、連なる山並みがずっと続いているのだ。

真っ直ぐに続く道はどこまでもいけそうな、そんな冒険心をくすぐる気持ちを持たせてくれる。何より時折、表示される橋の名前を見るのもちょっと楽しく感じるのだ。

いつもは車の中、本を読み、頭の中で構築してきた風景が現実で変換されていくような感覚は少し面白《おもしろ》い。

面白いのだが、それ以上に俺《おれ》は恐怖を感じていた。

「っ！」

ゴウ！　風が肌を打ち、ヘルメット越しでも息が詰まりそうになる。

だって今、俺は四海道《しかいどう》先輩のバイクのタンデム部分に乗り、振り落とされないために先輩の腰に手を回している。車と違い、風が直接体にぶつかってくるので正直寒いが、それ以上に身を守る防具がないのは怖い。

速度が緩まり、四海道先輩がバイクを止める。どうやら信号待ちらしい。

薄暗い視界の外から落ち着いた、先輩のハスキーボイスが俺の耳に届く。

「寒くない？」

「寒いより怖いです。先輩、法定速度違反していないですよね？」

「安全第一で運転中よ。ただもう少ししたらいったん休憩しようか」

「休憩？　大丈夫です。俺は、全然っ」

「さっきより抱きつき方も弱まっている。ほら、もう一踏ん張りだからしっかり摑《つか》まって」

ただでさえ運転してもらっているのに、疲れたなどと言えるはずがない。だが四海道先輩は俺に抱きつかせるために背中を微《かす》かに反らし、強引《ごういん》に体を押しつけてきた。

密着する異性の体に俺は羞恥心を感じながらも、もう一度両腕に力を込めて抱きついた。確かに先ほどよりもしっかりと四海道先輩の腰に抱きつけた気がするし、何より人肌が温かい。

「温かいでしょ？　私、平熱高いほうだし」

「……心を読まないでくれますか」

「ふふ。でも確かにまだ冷えるからね。私もちょっと温かいもの食べたいかも」

四海道先輩は微かに笑い、再び景色が動き出す。

ウィンカーを出し、右車線へと移る。左車線を走る家族連れの車を追い越し、俺はその車の中にいた少年の姿を捉《とら》える。つまらなそうにスマホを眺めるその顔はまるで今までの自分自身と重なって見えてしまい、俺は苦笑いを浮かべた。

俺もあんな顔していたのかな？　していたんだろうな。

一人で本を読み、目的地に着いたら顔を上げる。それが普通だったのに、今は顔を下に向ける余裕もない。

トンネルを潜り、両脇《りょうわき》を桜で彩った道路が一車線へと狭まると、徐々に四海道先輩は速度を緩めていく。見れば結構な数の車やバイクが走っており、今がちょうど観光シーズンだと思い出す。

四海道先輩はバイクの速度をさらに緩め、視線を右方向に送った。

視線を追うと道なりに色々なホテルが建ち並び、観光客が出入りしてる姿が目についた。先輩は道を右折して、温泉街に入っていく。

日帰り観光客用の駐車場にベルちゃんを止め、俺と四海道先輩は思いっきり背を伸ばす。俺は乗っていただけだが、それでも背筋を伸ばすと骨がポキポキとなった。

「やっぱり観光シーズンだからちょっと混んでたね。大丈夫？　疲れてない？」

「俺は大丈夫です。でも先輩こそ大丈夫ですか？　ずっと運転でしたし」

「元気いっぱいよ、私。でも、そうね。小休憩がてら少し見ていこっか？　せっかくだし」

俺は四海道先輩に続いて、坂を下る。

豊平川《とよひらがわ》にかかる橋を渡って道なりに進んでいくとお土産屋さんや飲食店、更に奥には岩戸観音堂《いわとかんのんどう》があり、左手側に進めば河童大王《かっぱだいおう》が祀《まつ》られている場所にたどり着ける。というか実際に定山渓を歩いてみたが、温泉が岩肌を伝って流れており、手で触れられるのはすごく新鮮だった。

こどもの日の名残なのか、空を泳ぐように靡《なび》く鯉のぼりを見て俺は呟《つぶや》く。

「……色々とすげぇ。別世界みたいだ」

「ふふ。まだまだ驚くには早いよ、黒山君《くろやま》」

観光マップを片手に持つ四海道先輩はどこか自信たっぷりな様子で、笑みを浮かべる。俺も先輩のテンションにつられ、説明を聞いているると突風が襲いかかってきた。

「っ！」

天気がいいとはいえ、まだ寒い。

不意に四海道先輩の足が止まり、顔を上げる。視線の先には『定山源泉公園《じょうざんげんせん》』の看板があった。

「黒山君。足湯に行こうぜ」

「ええ。温まれるなら」

がしっと手を握りあい、俺は四海道先輩と一緒に足湯に向かう。互いの心は早く温まりたい、それだけだ。

湯気が立つそこは木製の屋根で作られた天然の足湯浴場だった。

手早く四海道先輩はショートブーツと靴下を脱ぎ、ジーンズの裾《すそ》を捲《まく》って素足を温泉にＩＮ。

ブルブルと体を震わせて、先輩は息を吐く。

「――――ぁ」

エロい、と思った次にはもういつもの冷めた表情の先輩がいた。俺も息を呑み、暖を取りたい気持ちから靴下を脱ぎ、温泉に両足をＩＮ。

正直な感想をいえば舐《な》めていたにつきる。部屋でストーブをつけ、毛布に包まる至福の時に比べたら、全身を温めない足湯では俺が求める暖かさを得られない、と。

だがこれは何だ？　染みる。体にじんわりと染みこんでくるのだ。

大げさかもしれないが少し熱めの温泉が足先、足裏を心地よく包み込み、全身がポカポカしてくる。他の観光客の人たちも気持ちよさそうに目を細めているし、下手したら寝てしまいそうだ。

「……めちゃくちゃ温かい」

「でしょう？　長時間運転すると特に染みるのよね。これもキャンプの醍醐味《だいごみ》。いいでしょ？」

四海道先輩は覗《のぞ》き込んで俺を見てくるが、ここで頷《うなず》くわけにはいかない。足先から全身がポカポカしてこようが、このまま寝てしまいたいという気持ちが強かろうが、全世界のインドア代表としてここで屈服するわけにはいかない。

「気持ちいいとは思います。家での暖房といい勝負、かと」

「ふふ。やっぱり面倒くさいわね、君」

「否定はしません」

油断すれば俺の意志を折ろうとしてくる四海道先輩も十分、変わり者だとは思うがこの足湯は確実にいいものなので否定はしない……家に足湯とか作れないかな、と真剣に考えてしまう。

足湯を堪能し、二人で温泉饅頭《まんじゅう》を購入して軽めの昼食を済ませる。やはり温泉饅頭は侮れない。このもちもちした食感と甘すぎない餡《あん》。うん。いくらでも食べられてしまう。

不意に四海道先輩が視界から消え、捜《さが》していると定山渓のマスコットキャラクターである
カッパのぬいぐるみを両手で摑み、真剣な表情をしている場面に出くわしたが、俺はスルーす
ることにした。あんなに真剣な表情だったのだ。何か重要なことに違いない。

そして、小腹を満たし、温泉街を出発しようとした四海道先輩が声を上げる。

「あ、ほら！　あの人もキャンプかな？」

「え？　あ、本当だ」

先輩の言葉に俺も駐車場に止めていたバイクと近くの人影を眺める。するとあちらも俺たち
に気がついたのか話しかけてくる。社会人っぽい男性だ。

「おや、その格好は、君たちもキャンプかい？　大学生？」

「いえ、高校生です。後輩がキャンプ未経験で体験してもらおうと思って」

ちらりと俺を見た社会人の男性は頷く。

「高校生！　はは、若いなぁ。君もキャンプが好きなのか？　後輩君、キャンプはいいぞ？

日々のストレスから解放されるし。無理難題を言ってくる取引先のことも忘れられる」

「そういうものなんですか？」

「ああ。楽しみ方は人それぞれあるが、僕は――おっと電話か。では良いキャンプを！」

「はい。ありがとうございます」

スマホを片手に持ち、社会人男性は俺たちに軽く手を振って電話の応対をし始める。何やらもめ事らしく声は笑っているが、眉間に谷間みたいな亀裂が走っている。

「じゃあ、行こうか」

ベルちゃんに乗り、四海道先輩はヘルメットをかぶる。視線は先ほどのキャンパーに向けられていた。

「あの人は多分、泊まりのキャンプだね。しかもベテランキャンパー」

「それであんなに荷物があったんですね。でもどうしてベテランだって分かるんですか?」

「え? そりゃ、オーラが見えていたし」

なるほど。四海道先輩は能力者なのか?

そんな俺の心の突っ込みを知るよしもなく、先輩は言葉を続ける。

「私も本当は泊まりキャンプをしたいけど、まだ色々と勇気が出なくて。でも、いいなぁ」

ヘルメット同士なので表情は見えない。ただその声は憧《あこが》れに満ちていた気がした。

再びベルちゃんに乗り、走り出す。道路標識にはまもなく目的地となるキャンプ場へのキロ数が表示され、もう観光街の人工物は周囲にない。

信号に捕まり、俺は景色を見ながら四海道先輩に尋ねる。

「先輩はキャンプの何が楽しみなんですか?」

「え?」

「いや、さっきの人が楽しみ方は人それぞれあるって言っていたので。少し気になって」

「私が楽しみにしてること」

俺にとってインドアで楽しいと思うことはたくさんある。だがそれは本を読んだり、ゲームをしたり、料理をしたりといった何かをする、という目的から生まれる。

だから先ほどの社会人の男性が言った、楽しみ方は人それぞれという言葉が少しだけ気になった。四海道先輩も初めて出会ったとき同じようなことを言っていたし。

先輩の悩む声が聞こえ、だがすぐに答えに行き着いたのか口を開く。

「そうね。私がキャンプで楽しみにしていること、か。色々あるけど、私の場合は自由でいられることかしら」

「自由？」

「ええ。私ってね。あんまり人付き合いが得意じゃなくて。でも人間が嫌いとかじゃないんだけど、一人でいるのが好きだったの、昔から」

「……」

「何というか一人でいると誰《だれ》かが気にしちゃうじゃない？　私自身は全然気にしないし、大丈夫なんだけど、他の人が気を使ってくれるという感覚が申し訳なくて。だから一人でいてもおかしくないソロキャンにハマったというか。うぅ、なんか恥ずかしいわね」

照れているのか四海道先輩は謝ってくる。

「ごめんなさい。変な話になってしまって。こういう話……キャンプに興味を持ってくれる人って初めてで私、黒山君が興味持ってくれたのが嬉《うれ》しくて。今考えると強引だったわ」

「いや、俺は変じゃないと思いますよ。そういうの、結構分かります」

「そう？」

「はい。俺もインドアが好きな人がいたら、きっと話しかけてしまうと思いますから」

誰かの楽しさを壊さないために合わせたり、遠ざかったり。コミュニケーション活動をする中で、特に学生という狭いコミュニティではそれは必須だ。

だから分かるし、少し納得してしまった。四海道先輩が言う『自由』というのはインドアでも通じる、俺も求めていることだから。

「……ありがとう。嬉しいな」

「先輩、何か言いましたか？」

「ううん。何も言っていないよ？　さ、もうちょっとで着くよ」

ゴウ！　再び走り始めたベルちゃんのエンジン音と突風が耳元を通り過ぎる。

ウィンカーを出し、四海道先輩はアクセルを踏む。ベルちゃんは唸《うな》り声を出して速度を上げた。

◆

「結構混んでる。こんなに来てるなんて……あんまり気にしたことなかったな」

俺はヘルメットを取って駐車場を見渡す。時刻は十三時前だが、ワゴン車やバイクで駐車場の半分近くが埋まっていた。

四海道先輩はヘルメットを取って、愛おしそうにバイクを撫《な》でる。

「いつもありがとうね、ベルちゃん。少し休んでて」

「……」

「さてっと。ん？　どうしたの？」

「え⁉　あ、いや、別に何でもないです」

バイクを労う姿が微笑ましいと思いつつ、俺も心の中でベルちゃんにお礼を言っていたのは内緒だ。絶対に面倒くさい状況になるし。

俺は頬《ほお》を軽くはたき、気持ちを切り替える。

「ここからキャンプ場まで歩くんですか？　リヤカーで荷物を運んでいる人も多いんですね」

「泊まる利用者は荷物もそれなりになるからね。管理センターでリヤカー貸してくれるんだ。私の場合は日帰りのキャンプだからいつも背負っていくけどね」

四海道先輩がベルちゃんから荷物を取り外そうとしているので俺は手を差し出す。

「荷物持ちますよ」

「大丈夫大丈夫。私も鍛えてるから。それに結構重いよ？」

「いや、今回は連れてきてもらっているだけだし、そこは譲れません」

「じゃあ、持ってみる?」

差し出された荷物を持つと、確かにずっしりと重さを感じる。だが歩けなくなるほどじゃない。

そんな俺の様子を見ていた四海道先輩は目をぱちくりさせ、驚きの声を上げるのだ。

「すごい。やっぱり男の子だったんだね」

「先輩には俺が何に見えていたかすごく気になりますけど、想像つくから聞きません」

体が細い自覚はあるが俺も成長期。ぐんぐん身長も伸びてくれなきゃ困る。インドアといえど、家の中で適度な運動はしているつもりだ。ほら、トレーニングゲームとかもあるし。

「ふふ。君はやっぱり……ううん。ありがとうね。助かっちゃった」

「このぐらいは持てますよ、当然」

俺と四海道先輩は雑談しながら管理センターまで歩く。

踏みしめる地面はほどよい草が生い茂る未舗装の道で、鳥の囀《さえず》りと近くで流れる滝の音が清涼感を与えてくれる。静寂を表したような雰囲気はとても落ち着く。

「熊注意の看板だ」

「山だからね。でも安全対策はしっかりしてるし、ここは利用者もしっかりルールを守れば……あ、見えたよ」

道なりに進んでいくと建造物が見え、俺たちは入り口をくぐる。小さなベルの音が鳴り、係の人が出てきて応対してくれる。

管理センターの受付では利用方法や守って欲しいルールを聞き、利用料金の説明を受けたが、正直家族キャンプではここら辺は全て任せっきりになっていたので新鮮だった。

コテージやテントサイトから、つまりテントを設置するスペースのことだとネットで見たが、四海道先輩は迷わずテントサイトを選ぶ。

「日帰りで二名。四海道様、ですね。ではこちらにお名前と連絡先をご記入お願いします」

「分かりました。えっとお財布は」

俺もお金を出そうとするが四海道先輩は制してくる。

「ここは私が出すよ。だって私が黒山君を誘ったんだし」

「いや、でも」

「先輩に甘えなさいって。ね？」

四海道先輩の圧に押されて俺は引き下がる。

「ふふ。仲がいいんですね。では、はい。これで全部ですね。ではよいキャンプをお過ごしください」

「ありがとうございます。よし、じゃあ行こうか」

「は、はい」

管理センターを後にして先輩と一緒に目的のキャンプサイトまで歩く。コテージやテントハウスもあるらしく、こうして改めて見ると実際に色々な過ごし方をしている人がいる。

テントを設営する人や料理を楽しむ人。チェアに座って静かに読書する人とか、昼寝している人もいる。そして、誰もが穏やかな顔だ。

本当に楽しみ方は人それぞれで、キャンプに来るだけが目的じゃないのか。

そう考えると家族でキャンプを楽しめなかったのは、俺が楽しさを見つけられなかったからかもしれないと痛感する。

だと言うのにいつも俺を連れ出してくれた両親と妹。申し訳ない気持ちが心の中にじわっと生まれてくる。

「さ。ついたわ。ここが今日のキャンプサイトね」

「ここが今日のキャンプ場所」

広さとしては六メートル四方の開けた空間だった。適度に芝生が刈り取られ、周囲を木々に囲まれて、頭上を見上げると枝の合間から優しげな陽光が降り注いでいる。

息を吸い込むと普段感じない自然の匂《にお》い。鳥が囀る声が聞こえ、少し冷たい気持ちのいい風が頬を撫でる。こういう場所で本を読んだら絶対に気持ちいいだろうなという予感がする。

俺の想像以上にキャンプをしている人が多いが、誰も干渉してこないというのが新鮮だった。

「ん？　どうしたの？」

キョロキョロと見回していた俺を見て、四海道先輩が尋ねてくる。

「なんか想像してたよりも誰も干渉してこないなって」

「ああ、そうね。まぁ、私も誰かと出会いたくて来ているわけじゃないしね。だから必要以上に干渉してこないし、干渉もしない。皆、自分が楽しむために来ている、それだけだからね」

自由でしょ？　そう言う四海道先輩の声に俺は反論する言葉を持てずに頷いた。

自由という言葉が、俺が家で過ごす中で一番大切な何かと重なる気がしたのだ。

一人で。好きなことを思いっきり楽しむ。

俺は咳払《せきばら》いして頷く。

「今日は先輩のキャンプにお邪魔してしまいすみません。そして、よろしくお願いします」

頭を下げる。四海道先輩の誘いとはいえ、俺が先輩の学校外の、プライベートの時間に入り込んでいることは間違いない。

このキャンプが自由を謳歌し、一人で思いっきり楽しむ時間ならば先輩にとってはここが自室なのだと思うのだ。

学校ではクールで、群れない美人な先輩がバイクを名前呼びにしたり、微笑したりする誰も知らない時間。つまり自室に招かれている感覚だ。

顔を上げると四海道先輩にしては珍しいきょとんとした表情で俺を見つめていた。そして、噴き出したように笑う。おかしなことでも言っただろうか？

他者の部屋に入るなら礼儀は必要だろうに。

「ふふ、あはは。もう。突然すぎるよ、君。それに二回目だね。よろしくお願いしますって」

「二回目？　……あ。あれはノーカウントでお願いします」

「どうしようかしら？　……って冗談冗談」

目尻を拭い、四海道先輩は手を差し出す。

「こちらこそ。今日は楽しいキャンプにしましょう」

そう言う先輩を見て、俺は何も言い返せず、三回目のよろしくお願いしますを言うのだった。

まさかあの勘違いして言ったときの言葉を覚えていたのか。俺は記憶の彼方に封印したかったのに。

パン、と四海道先輩は両手を叩《たた》く。

「うん。じゃあ、まずはテントを設営しましょう。今回私が持ってきたのはこのギアだね」

先輩がリュックサックを開けて道具を取り出す。確か、キャンプで使用する道具はギアって呼ぶんだっけ。

「今回は二人だからチェアは控えようと思って。テント、テーブル、ペグ、バーナー、マット、ハンマーかな。本当はタープも欲しいんだけど、そこはアルバイトして頑張る予定」

四海道先輩はてきぱきと無駄のない仕草で設営し始めるので、俺は呼びかける。

「先輩。そこは俺も手伝います」

「君が？　でもテントの設営は慣れてないと意外と大変だよ？」

「大丈夫です。予習はしてきたので」

そう。キャンプに興味を持ってから色々本だったり、動画サイトだったりと調べてきた。先輩が持ち込んだキャンプ道具もいくつか見かけた記憶がある。

「そう？　じゃあ、手伝ってもらおうかな？」

俺は四海道先輩が取り出したテントの半分を摑み、広げる。確か登山でも使えるタイプだったっけ。先輩は微笑を浮かべて組み立て方を教えてくれる。

「まずはインナーシートを広げるの。そう。そこを摑んで。次にフレームとなる骨組みなんだけど、こう持ち上げて組んで、テントの先端に骨組みを入れて。いいよ、とってもいい感じよ」

「結構広がるんですね、風で動くっ。それにフックに入れるのが少し、コツが」

これを一人でやるとしたら中々大変じゃないか？　ちらりと周囲をうかがえば、同じくテント設営中の人がいた。てきぱきと流れるような動作に俺は言葉を失った。

……早いし、上手《うめ》ぇ。全く無駄がない。

「次はペグを刺して固定するの。一緒にペグを刺してもらえる？」

「ペグ……これか。えっとこの穴に突き刺せばって、硬いっ⁉」

テントを押さえながらだとテントが揺れて、ペグを突き刺す力が入りづらい。これって一人でやると意外と大変だ。動画では簡単にできていたのに。

何度かやってみてようやく地面に差し込んだが、見れば四海道先輩が反対側のペグを打ち終わったらしく近づいてきていた。

いや、早くね？　あの細腕のどこにそんな力があるんだ？

「ふふ。君が探しているのはこのハンマーかな？　それとも形のいい小石かな？」

「できれば手軽で、効率のいいほうがいいです」

「あはは。現代っ子だなぁ。じゃあ、お隣に失礼して」

「先輩も現代っ子でしょうに」

テンションが少し高い四海道先輩は俺の隣に腰を下ろして、ペグを掴む俺の手の上に手を重ねる。慣れない他者のぬくもりに言葉を失っている俺にお構いなく、先輩はハンマーを握って狙《ねら》いを定めている。

「ここは私も初めての時は苦労したのよ。こうやって狙いを定めて、一気に振り下ろす！」

ガン！　迷いなく振り下ろされたハンマーがペグの頭部に直撃する。

「地面に先端が突き刺さったらこうやってコンコンと叩いて、しっかり固定していくの」

「おぉ。地面にしっかり刺さって抜けない」

「でしょ？　ちなみに小石でもできたりするのよ。最後にフライシートね。これは防水処理された布でね、雨風から守ってくれるの。例えるなら家の屋根部分に当たるかしら？」

四海道先輩の説明に俺は頷く。屋根がなければ自室であろうと雨風は凌《しの》げないし、快適な時

間は過ごせない。確かに大切な要素だ。

「じゃあ、黒山君は左側に引っ張って、私は右側に。このぐらいね。できたらフックにひっかけて……よし！　完成ね」

俺は立ち上がり、立派に設営されたテントを見て、なんとも言えない気持ちになっていく。

なんか達成感がすごい。まじすごいんだが！

そう。マイホームならぬマイルームを作り上げた気分だ。いつもの家族キャンプでは作られたテントに入っていただけで、借り物のように感じたが、これは何というか楽しい、かもしれない。

頬に感じる視線に気がつけば四海道先輩が俺を見ていた。吸い込まれそうな瞳《ひとみ》は俺を捉えて離さない。

見れば両手の軍手には泥がつき、微かに息が上がっている。足湯に浸かったときとは別の高揚感が体を満たしていた。

「よくできました。どうだった？」

「想像していたより大変でしたが」

「が？」

立派に立つテントを俺は見る。なるほど、俺もこのテントに名前を付けたくなってくる。

「……愛着が湧《わ》きそうです」

「ふふ、じゃあ次にたき火を起こそうと思うんだけど――」

「先輩」

キャンプ動画でもたき火については結構調べてきた。

「まずは薪《まき》を集めるんですよね？」

「詳しいね。うん。薪は拾うこともできるけど、ここのキャンプ場では購入する形かな。じゃあ、買いにいくついでに散歩しようか。あと貴重品は各自で持つこと」

「了解です」

テント内にリュックサックを置き、四海道先輩と俺は管理センターに向かう。

鳥の声を聞きながら地面を踏みしめる。息を吸い込むと冷たくも、濁りのない空気が肺いっぱいに入ってくる。実際に気持ちが違うとこうも違うのか。

池を気持ちよさそうに泳ぐ魚を見下ろしていた俺に四海道先輩の声が届く。

「今日は本当にいい天気だね。ハンモックとかあったら私、ずっと眠ってそう」

「そうですね。俺も……それは気持ちいいと思います」

両手を組み、背伸びする先輩に俺は同意する。

北海道の春は遅いと聞いていたが、今日は歩いているとポカポカと体が温かくなってくる。

家の中で毛布に包まれて本を読むのもいいが、確かにハンモックの上とかもいいかもしれない。

俺たち以外にも周辺を探索している人とすれ違い、相手が先輩のことを二度見する。だが四海道先輩は気にすることなく、散歩を楽しんでいるようだった。

「ここは秋もおすすめなのよ。紅葉がすごい綺麗《きれい》で、帰りに温泉にも寄っていったんだけど、そこがまた最高だったの。今回は札幌側からだけど、小樽《おたる》側からだとダムを見れるルートもあるし」

「ダムってあのダムですか？　俺、ダムは見たことがないです」

「すぅぅっごくでかいのよ？　何というか、偉大？　巨大？」

顎に手を添える真顔の四海道先輩を見て俺は噴き出した。大人びて、冷めた表情が似合う整った顔立ち。だがバイクを相棒呼びする一面や、キャンプを楽しもうとする姿勢は普段の印象とは真逆だ。

……なんか一緒にいて、気を使わなくてすむ。すごく居心地がいい人だな。そう。なんて言うのだろうか。まるで自室で友達と話している感覚かもしれない。友達はほとんどいないけど。

「黒山君。聞いているのかしら？」

「っ⁉」

ずいっと真下から覗き込まれて、俺は悲鳴を上げてしまう。きょとんとする四海道先輩だが、微かに頬を膨らませて抗議してきた。

「ちょっと？　女性の顔を見て悲鳴を上げるとか、私も少し傷つくわよ？」

「いや、その。そう。さっきのこと考えていて」

「さっき？」

「はい。目的地は同じでもルートが違うと全く見える風景とか違うんですよね？　しかも四季によって更に違うだろうし。そういう目的地で楽しむ以外も、楽しめるとか面白いなって。先輩めっちゃ笑顔だし、楽しかったんだろうなって思って」

「――」

「先輩？　四海道先輩？」

「……ふぅ。さ、早くたき火用の木材を調達しましょう」

なんだ。ぐにぐにと自らの両頬をこね、四海道先輩は俺を追い抜き、歩いて行く。何か失礼なことでも言ったのかと思い、俺も早歩きでついていく。

少し前を歩く先輩の耳は真っ赤に染《か》まっている。

「いや、今日は暑いね。ちょっと困るくらい」

「ですね。実際にこうやって動くと暑いですね。家族キャンプの時はたき火用の薪も、全部任せてスマホばっかり弄《いじ》っていたので。あ、管理センターが見えてきましたね」

管理センターを指さし、四海道先輩を呼ぶと先輩はパタパタと手で顔を扇《あお》ぎ、一息つくと頷く。

「そうだね。今回は短めのキャンプだから針葉樹の薪を買おうか」

「針葉樹？」

「うん。火が着きやすいけど早く燃え尽きちゃうのが針葉樹。火が着きにくいけど長持ちするのが広葉樹よ」

四海道先輩は少し悩んで考え出す。

「もう十四時くらいか。できれば十七時頃にはキャンプ場を出たいし」

先輩はスマホを取り出し、時刻を確認する。確かに日帰りキャンプを想定すると、あんまり四海道先輩に夜道を運転させたくないというのが俺も本音だ。

「だから今回は針葉樹かな」

「なるほど。じゃあ、薪代は俺が出します。それに少しやってみたいこともあるんで」

「やってみたいこと？」

首を傾げる四海道先輩に俺は頷く。

「ええ。テントの設営は駄目でしたが、火起こしは完璧《かんぺき》に練習してきましたから」

そう。俺だって楽しむ努力のため、つまるところ全くの無知で来ていないのだ。

◆

薪とレンタルしたたき火台を運んできた俺たちはたき火の準備をし始める。このキャンプ場は直に地面でたき火することは禁止なのでたき火台が必要になる。

「たき火台代も私が払うのに」

「いいんです。だって普段なら先輩は自前のたき火台を持ってくるんですよね？」

そうなのだ。今回のキャンプで四海道先輩の持ってきたギアはやけに少なく、聞いてみると俺が乗る分、ギアを減らしてきたことが判明した。

「愛用ギアはあるにはあるけど、レンタルできるものは借りたほうが移動は楽かな。だからシュラフとか、テントの貸し出しとかは懐《ふところ》と相談してかしら」

「確かにお金は掛かりますよね」

「好きを維持するのはお金が掛かるけどその分、いっぱい、楽しもうと思えるのよね」

「確かに」

入場料や、移動費。あとはギアを購入するお金など、大学生や社会人ならばともかく高校生がキャンプを楽しむには少し難易度が高いかもしれない。

ちらりと先輩を確認する。免許代にバイク。それに四海道先輩はさりげなく、ファッションにも気を使っている気がする。確か澪《みお》も女性は大変なんだぞぉ、と俺にアイス代を強請《ゆす》ってきたことを思い出す。

たき火台に薪を並べながら俺は疑問を四海道先輩に投げかけてみる。

「そういえば先輩はアルバイトとかしているんですか？」

「してるよ。アウトドア専門店。そこでアルバイトしてる」

「アウトドア専門店。ということは接客もやっているんですか？」

これはまた、なんかイメージと違うというか。

「もしかしてイメージと違うとか思ったのかしら？」

「いや、違く――正直、思いました」

「正直でよろしい。私自身接客とかは苦手なんだけど、最新のギアとかに触れられる魅力に勝てなくてね。ちょうどアルバイト募集してて、通っていたお店でそのまま働いているの。近くに焼き肉屋さんもあってね。アルバイト帰りに一人で行ったりもするんだ」

「へぇ。一人で」

「うん。黒山君はアルバイトとかは興味ない？」

「……俺は家の中が好きなので」

「ぶれないね、君も。でも、なんか私も慣れてきたわね」

脇腹《わきばら》をつつかれて、四海道先輩はおかしそうに微笑む。

確かにアルバイトをすれば今よりも自由にお金を使えるようになる。欲しいゲームだったり、本や調理器具も買えるかもしれない。

でもそれは外に出てまで欲しいというわけではない。我慢できる欲求だ。

それにしても一人焼き肉か……俺には未知の世界だ。ラーメンとかは全然いけるけど、少しハードルが高い。

「よし。こんなものかな。ではここに火種を」

「待ってください」

「ん？」

俺は四海道先輩の前に手を出す。持ってきたリュックサックから自作したそれを出した。

「これを使うんですよね？　大丈夫です、用意はしてきましたから。俺に任せてください」

先端を丸く尖《とが》らせた棒と溝を作った木の板。そう、きりもみ式火起こしの道具だ。驚いた顔の四海道先輩を見て、俺は内心ガッツポーズをする。

本やネットで火起こしでは様々な道具を使うことは知っている。いままでは火起こし器やバーナーを使って簡単に火を起こす。家族キャンプでも炭と着火剤を使用していた。

だが先輩は間違いなくキャンプガチ勢の方。

それに今回は俺にキャンプの魅力を教えてくれるためのキャンプ。あえて困難な火起こしを選択する可能性がある。

……この表情を見る限り、予想は当たったみたいだ。

自宅では流石に火事の可能性もあったので練習は控えた。だがイメージトレーニングに抜かりはない。着火剤も準備済みだ。

四海道先輩は軽く咳払いして、準備を進める俺の隣にしゃがむ。

「やるね。まさかそれを選択するとは思わなかったよ」

「……俺も準備しなかったわけじゃないですから」

「見くびっていたわ、君を」

　若干悔しそうな四海道先輩の横顔を見ながら、俺は棒を構える。キャンプが始まり、俺は間違いなく後手後手だったが、ここで一つは優位に立ちたい。それは俺のちっぽけなインドアの矜持《きょうじ》だ。

「じゃあ、いきますっ」

　俺は両手の手のひらで棒を挟み、回す。ひたすら回す。全力で回す。

　キュキュ。キュキュ。キュキュ。

　回す。回る。回せ。回れ。回す。回る。回せ。回れ。

「……まだか？」

　体感時間でもう三分以上回している。額に汗がにじみ出しているのが分かる。手のひらが熱くなってきている。

　キュキュキュキュキュキュ。

「っ⁉」

　全身が熱い。おかしいな。もう着火しているはずだろ？

　キュキュキュキュキュキュキュキュキュキュ。

「う、嘘《うそ》。黒山君！　少し煙が出てきたよ⁉」

「ようや、く！　このまま最後までいきますっ」

回れ。回れ。回れ。回れ。回せぇぇぇぇぇぇぇっ！

黒い煤《すす》の中に見え隠れする光。両腕はもうプルプルと悲鳴を上げている。

駄目だ。ここで投げ出すのは負けだ。自分自身が負けを認めたことになる。そんなのは嫌だ。無理だと思えることにこそ挑戦する価値がある。

ようやく白煙が出始めたところで、着火剤を赤黒く光る煤の中に入れる。あとは空気を入れるだけ。息を吹きかけ、酸素を送るだけだ。

予定通りだ。ここまで来るのに時間が掛かったが、終わりは近い——馬鹿《ばか》な！

微風が吹き、俺の鼻腔をそよ風がくすぐったのだ。あのむずむずする感じが迫ってくる。そのせいで空気を送るのが遅れた。くしゃみを防ぐのと酸素を送る作業を同時にできない。

あれだけ白煙を上げていた火種の煌《きら》めきが鈍くなっていく。まずい。このままじゃ。

「あ。消えちゃった。めちゃくちゃ惜しかったね」

もう手遅れだった。火種は完全に勢いをなくして、消えてしまった。

項垂《うなだ》れる俺に残ったのは翌朝に筋肉痛になるだろう両手の痛みだけ。

「先輩、すいません。もう一度チャンスをくれませんか？」

カシュ。俺の言葉に合わせるように煌めく青白い文明の光。

隣には片手にチャッカマンを持ち、着火剤に点火する四海道先輩の姿があった。薪に火が移り、パキパキと乾いた音を立てながら炎が揺らめいていく。

意味が分からなかった。え？　どういうこと？　あ、すごく暖かい。

「え？　チャッカマン？」

「黒山君。楽するところは楽する。私も普段のキャンプじゃ大抵これよ」

俺の顔を見て、四海道先輩は涼しげな顔でチャッカマンを指さす。

「なら俺が勝手に勘違いしていただけ？」

恥ずかしい。勝手に勘違いして、しかも上手《うま》くいかなくて。布団《ふとん》があったら頭から突っ込みたい。そうだよな。わざわざキャンプできりもみ式という選択肢はなかったのかもしれない。

目の前で揺れるたき火の暖かさが染みるなぁ、と思っていると左肩に熱を感じた。顔を上げると俺の隣にしゃがみ、じりじりと近づいてきた四海道先輩がいた。

「落ち込みすぎよ」

「落ち込まないほうが変です。というか、先輩も早めに言ってください」

「ごめんなさい。でも悪気はなくて。というか私もあの方法でたき火を成功させたことがなくて、少しドキドキした」

小首を傾げる四海道先輩の瞳は、どこまでも透き通っていてからかう気配はない。というかこの人はそういう冗談は好まない人だと思う。

だがそうか先輩でも成功させたことがないのか。次の機会があれば絶対に成功させよう。必ずだ。

「でも君がきりもみ式に挑戦すると思ってなくて。もしかして調べてきたんだ？」

「……先輩ならきりもみ式かなと思って。先輩、ガチ系ですから」

「ガチとか言われるとテンション上がるわね。黒山君、お世辞が上手よ」

冷静に考えるとお世辞上手な後輩って何か嫌だなと苦笑いする。

炎は揺れる。失敗に終わったが、不思議と気分は良かった。何でだろうか？

◆

時刻は十六時二十分を回ろうとしていた。

「ひゃふ！　あふひゃふっ！　はふ！」

「そうでふねっ。あひゅ。天才でひゅ！」

たき火の前で口の中を火傷《やけど》しながら会話する俺と四海道先輩。事情を知らない人が見たら顔を顰《しか》めるかもしれない。

だがこれは絶品だ。先輩おすすめの焼きマシュマロを食べていたが、考案者は天才か、と本気で思う。外は香ばしくて、中はトロトロ。串に刺してあぶるだけだが本当に奥深い。

本当は冷まして食べればいいのに、熱いまま口に放り込むのが止められない。

「初めて先輩と出会ったとき、なんか幸せそうな顔をしてるなと思って。これは納得です」

「え？　あのときの顔見られてた⁉　うわ、恥ずかしいな」

串を片付けながら苦笑いする四海道先輩だが、俺はすぐに否定する。

「そんなに凝視はしていませんよ。ただ本気でキャンプを楽しんでるな、と思いました」

「いや、見てるっていうのよ、それは。あのときに初めて焼きマシュマロに挑戦して、感動したんだよね」

あのときが初挑戦だったのか。確かに初めて挑戦して、この味に出会えたら嬉しいだろうなと思う。しかし、焼きマシュマロでこれだけの旨さならば、他にも色々と試してみても面白いかもしれない。

俺はたき火に両手を当て、自分がソロキャンするならばどんなキャンプ飯にしようかと考えた。インドアな俺が妄想とはいえソロキャンを考えるなんてと苦笑してしまう。

「よし。では本日のメインと行きましょうか」

串を片付けた四海道先輩は組み立て式のアルミローテーブルを置き、その上にガスバーナーを載せた。水を入れたケトルをガスバーナーの上にセットし、点火させるとテント内に上半身を突っ込んだ。

「えっとどこにしまったかな。あ。あったあった」

「先輩？」

「じゃじゃん。本日のキャンプ飯となります」

上半身をテントから出した四海道先輩の両手には謎肉《なぞにく》で有名なカップ麺があった。味はスタンダードな醤油味。なるほど、それでお湯を沸かしていたのか。だがこれはドンピシャだ。

テント内のシートに座った四海道先輩は少し恥ずかしそうに頬を搔《か》く。

「キャンプの楽しさを教えてあげるっていいながらカップ麺でごめんね？　その、私あんまり料理得意じゃないの。本当はもっとキャンプ飯ってやつを作りたいんだけどね」

「いや、俺としては先輩がカップ麺をキャンプ飯に選んでくれて良かったです」

「良かった？」

「はい。実は、その、今回のキャンプで作ってみたいものがあってですね」

俺は目的のものを見せる。父から拝借した取っ手付きのメスティンと呼ばれる飯盒《はんごう》だ。蓋《ふた》を開けると水の中に沈む米が見える。

これを知ったのはキャンプ動画でもなく、本でもない。アニメで見たワンシーンだとは言わないが、あのときのシーンが俺の中でのキャンプのイメージだったのだ。

「これってメスティン？　しかも中にお米が入ってる」

「はい。家で米を研いでおいてジップロックに入れていたんです。家でもよく米を炊きますが、こうやって事前準備するのは新鮮ですね。実は先ほどメスティンに研いだ米と水を入れて、水分をたっぷり吸わせておいたので、二十分くらいで炊けると思います」

「う、うん」

「先輩どうしたんですか？」

「別に。何でもないわ、うん。そう、ここまで調べてきてくれたんだ」

テント内のシートの縁で、体育座りする四海道先輩の挙動がおかしい。俺は首を傾げて、網を設置したたき火台にメスティンを載せ、蓋をかぶせる。あとはスマホでタイマーをセット。

料理自体は同年代よりもすることが多いと思っているが、外で料理をするというのも中々に楽しい。如何《いか》に効率よく、不可能を現実にしていくかという感覚は癖《くせ》になりそうだ。

ここから二十分か。そのまま立っていると咳払いする音が聞こえた。

咳の主《あるじ》を見ると、隣のシートを手で叩いている。

無視しているとシートを叩く音が強まる。視線がかち合うと無言で、何を言っているのか分かったが流石にそれは近い。俺のことも考慮してくれと思う。

でも、それは鳴り止《や》まない。無言で訴えてくる視線に耐えかねて、俺は四海道先輩の隣に腰を下ろす。

満足げにふふん、という鼻息が聞こえ、チラリと盗み見るが四海道先輩はたき火を見ているだけだ。まつげ長っと思い、俺もたき火台と網の隙間《すきま》から漏《も》れ出る炎を眺めた。

揺らめく炎。風に揺らいで、常に形を変えていく。

それを見ていると落ち着くというか、無になれるとキャンプ動画では言っていたが、確かに気持ちが落ち着くかもしれない。

「……」

「……」

パキン、と薪が割れる音が響く。

うん。嘘だな。俺は心の中で抗議の声を上げる。

だってよくよく考えたら異性とこんな距離で過ごしたのは初めてなのだ。微妙に肩が触れあってるし。だがどうして先輩は俺に隣に座るように言ったんだ？　いや、ここで変に落ち着かない態度を表して気持ち悪がられても嫌だし。

どうしたらいいんだ？　何か俺から会話を振ったほうがいいのか？

スマホを見てもまだ十分以上時間は残っている。やけに時間の進みが遅く感じてしまう。両手を合わせ、平静を装うけどもうそろそろ限界だ。何か、何か話題はないか？

俺が何か話そうと口を開こうとした瞬間。先輩は口を開いた。

「黒山君。今日のキャンプはどうだった？」

四海道先輩は真っ直ぐにたき火を見つめながら呟く。放たれた言葉を心の中で反芻《はんすう》して、俺は反射的に飛び出そうになった言葉を呑み込んだ。

ここで求められているのは本音だ。建前《たてまえ》でもなく、お世辞でもない。

「……家では暖かい環境でゲームしたり、映画見たり、本読んだり、自由にできます。好きに自分の時間を過ごせるインドアこそ、文明を手にした人間の楽しみ方だと俺は思っています」

それは今でも変わらない。俺は胸を張って言える。俺は家で過ごすのが好きだ。

「ただ。わざわざ大変な思いをして、外で楽しむことを理解できないと初めから拒絶するのは勿体《もったい》ない、とは思えました」

「つまり？」

四海道先輩は逃がしてくれないらしい。頬に感じる視線に応じず、俺は口をもごもごさせる。

これは敗北ではない。インドアは負けていない。

だが。俺はそう感じてしまったのだ。

「楽しかった、です」

「なるほど。そう思ってくれたなら嬉しいな」

また無言タイムに突入してしまう。真横で四海道先輩もたき火を見ている雰囲気を感じ、二人揃《そろ》って体育座りのまま、たき火を見続けた。

そして、ピリリ、とスマホが鳴る。時間だ。二人揃って、立ち上がり、顔を見合わせる。

「先輩、カップ麺を用意してもらっていいですか？」

「ええ、任せて」

一度動き出せば腹ぺこ高校生の行動はとても早い。本能が体を動かすのだ。

網の上に置いていたメスティンの蓋を開けると、ほわっと優しい匂いが鼻をくすぐる。米粒の一つ一つがキラキラと輝き、純白の艶《つや》が腹を刺激する。

いい感じだ。想像以上に上手く炊けた。俺はビニール手袋を装着して、軽くミネラルウォーターで濡《ぬ》らす。米を手にすくい取ると痛いくらいの熱を感じるが、そこは我慢だ。

一品目はシンプルに一口塩おにぎり。手で丸め、塩を米粒一つ一つに馴染ませていく。

そして、二品目は炊きたてご飯とたき火で作る焼きおにぎりだ。たき火台の網の上に握ったおにぎりを乗せてあぶる。はけの先端に醤油を吸い込ませ、おにぎりに薄く塗る。塗ってはひっくり返し、塗ってはひっくり返す。

醤油が焦《こ》げる匂いが強くなり、白米が化粧するみたいに褐色に染まっていく。なるほど、焼きおにぎりとかは冷凍品では多用するが、実際に作るとこれはありだなと思う。

それを何度か行い、ある程度表面に色がついてきたら完成だ。

「先輩、カップ麺のほうはどうですかって、あれ？　まだお湯入れていないんですか？」

「えっ⁉　あ、ああ。そうね。今やるから、あつっ！」

手を止めて焼きおにぎりを見つめていた四海道先輩がケトルの柄を摑み、カップ麺にお湯を注いでいく。ちらちらと焼きにおにぎりを確認するあたり、チョイスは成功だったらしい。

三分ジャスト。スマホで時間をはかり、俺と四海道先輩は顔を見合わせる。

「「いただきます」」

両手を合わせ、箸を持つ。カップ麺の蓋を開くと、暴力染みた旨さ溢《あふ》れる匂いが俺と四海道先輩を襲う。

「……うまっ！」

食べ慣れた味だと思っていたカップ麺。だが何故《なぜ》か今食べているカップ麺は人生最大級に旨いと感じる。

お湯が熱々だから？　外で食べていて若干体が冷えているから？　空腹だったから？

いや、そんなことはどうでもいいと思えるくらいに旨い。

隣を見ると冷めた表情がデフォな四海道先輩も表情が緩みまくっている。

「うん。うん。染みる。では次にこちらを頂いてもいいかしら？」

「どうぞ。俺としては自信しかありません」

「実は私もそんな予感しかしていません。じゃあ、いただきます」

一口おにぎりを摑み、口に運んだ四海道先輩は両目をぎゅっとつぶり、咀嚼《そしゃく》して、細い喉《のど》をコクン、と動かす。何も発せずにカップ麺の汁を啜《すす》り、頷く。カップ麺をおいて、四海道先輩は両目を見開いた。

「お、美味《おい》しすぎるっ！」

両手をぶんぶんさせ、抑えきれない感情を爆発《ばくはつ》させる生き物がそこにいた。声にならない悲鳴を上げ、そんな姿を見ると作った側としては頰が緩んでしまう。

では俺も熱々のうちに頂こうかな。塩おにぎりを口に運び、カップ麺の汁を啜る。

ああ。旨い。旨い。旨い。どうしよう、語彙《ごい》力足りなすぎるな、俺。ほどよく塩気を含んだ米はそれ単体でも美味しさを訴えるが、カップ麺の味で表面をコーティングすることで、全身に伝説の装備をつけた化け物みたいな存在に生まれ変わる。

大成功だ。ふふ、大成功だ。

俺と四海道先輩はカップ麺を無心で食べ、メインディッシュに視線を向ける。こんがりと焼き色がついた焼きおにぎり。

ごくり、と俺と先輩は喉を鳴らす。互いに言葉はいらなかった。ちらりとアイコンタクトして、ほぼ同時に焼きおにぎりを食べた。

料理漫画で美味しさを表現するために色々な演出があると思うが、過剰表現ではないと思ってしまう。先ほどの衝撃以上、別に特別な調味料や技法を使っているわけじゃない。

ただのたき火で作った焼きおにぎり。それだけのはず。

でも、旨かった。言葉を失うほどに、旨かったのだ。

これなら四海道先輩に確認するまでもなく、絶対に旨いと思ってもらえる確信があった。

「ああ、もうぅぅぅぅ」

隣に座る先輩は体育座りのまま、両腕を伸ばして、半身を弛緩《しかん》させて自らの膝《ひざ》に顔を埋める。

「黒山君」

「はい」

俺は考えが甘かった。

自らが用意したキャンプ飯で四海道先輩に楽しんでもらえたという考えで、防御ができていなかった。能力ビルドでいえば攻撃力に数値を振りすぎて、防御力とか生命力に数値を振らなかったみたいに、考えが至らなかった。

自らの顔を膝で押しつぶし、化粧が取れることなど気にしないで、素の顔で俺を見る少女。

あの冷めた表情が似合うクール美人な先輩が。

警戒心ゼロの顔で微笑んだ。

「めちゃくちゃ美味しかった」

「――お粗末様です。先輩は今日のキャンプどうでしたか?」

息を呑み、俺は返答する。俺も聞きたかったことだ。

「それはもちろん。楽しいに決まっているじゃない」

その一言で、俺はこのキャンプに来て良かったと思えた。俺にとってはそこが達成したい項目だったのだから。

たき火台の中で揺れる炎を見て、なるほどと思った。

それぞれが自由に過ごし、楽しむ。それがキャンプだとすれば俺は楽しめたのかもしれない、そんなことを思うのだった。

◆

夕食を終えた俺たちは後片付けを始める。テントを畳もうとする俺をフォローしてくれる四海道先輩はかなりのご機嫌で、常に微笑が絶えなかった。キャンプ場を後にする際は必ず火の後始末とゴミを残さないことが大事だと先輩は言う。

「これからも利用する人たちが楽しめるようにね。ありがとうございました」

テントサイトに頭を下げる四海道先輩に倣《なら》って、俺も頭を下げる。確かにキャンプ場は人の手で整備されるとはいえ、外だ。明日、訪れる人たちが楽しめるように配慮すべきだ。

「あ。ちょっと黒山君、売店寄ってもいい？」

「構いませんよ。じゃあ、俺はトイレに行っていいですか」

四海道先輩の申し出に頷き、管理センター横の売店に入り込む。簡素な作りだが、ご当地のお土産が色々置かれていた。俺は四海道先輩と別れてトイレに向かう。

手を洗い、今日のキャンプを思い返す。動画や資料で得られないこともあった。家に帰ったら父さんのギアを見せてもらおうかな。

トイレから出ると、四海道先輩がぬいぐるみコーナーの前で腕組みしていた。視線の先には定山渓のＰＲキャラクターであるカッパのぬいぐるみがあった。

四方から穴が開くぐらいに見つめていた先輩は何かに納得いったのか、ぬいぐるみを抱きかかえて会計へ向かった。

俺はその一連の様子を見て、会計が終わった後に声を掛ける。すると予想通り、四海道先輩はさっとあのぬいぐるみを後ろ手に隠し、俺もそれを指摘することはない。

「よし。じゃあ、行きましょうか」

「そうですね」

クールな四海道先輩と可愛《かわい》いぬいぐるみ……伊達《だて》に年頃の妹がいるわけじゃない。俺だって踏み込んでもいい領域かどうかは心得ているはずだ。

……だが、ぬいぐるみか。

荷物を持って俺たちは駐車場に向かい、四海道先輩は荷物をしまい、ヘルメットをかぶる。

「ちょっと暗くなってきちゃったね。時間とか大丈夫？」

「俺は全然大丈夫です。先輩は大丈夫ですか？」

「私はバリバリ元気よ」

ぐっと細い腕で力こぶを作ってみせる姿に俺は笑ってしまう。すると不服そうな四海道先輩が、なら二の腕を触ってみたらどうかしらとか言い始めるので、俺は素早く謝る。

いや、この人はもう少し警戒心を持つべきだろう。

「ほら、後ろに乗って。ベルちゃん、よろしくね」

「後ろ失礼します」

声には出さないが俺もベルちゃんに帰りも頑張ってくれと応援する。

「あはは。今更遠慮なんかいらないわよ。じゃあ、安全運転第一で帰りましょうか」

ベルちゃんが四海道先輩の声に応《こた》えるように唸り声を上げ、俺たちはキャンプ場を後にした。行きと違う肌寒いと感じる風と薄暗い夕焼け道。温泉街はチェックインする人々が増えているのか、大型の観光バスが何台か見えた。

温泉街を後にして、人工的な明かりが少なくなった木々が並ぶ道を走る。後続車とかのライトがなければ、少し心細いかもなと思っていると信号待ち中の四海道先輩が口を開く。

「今日は無理矢理連れてきちゃって、ごめんね。強引だったなって反省してる」

「謝らないでください。そもそも俺が楽しもうとしていなかったのが発端ですし」

「そういえばそれが最初だったっけ。懐かしいね」

「懐かしいって一ヶ月経《た》ってませんよ？」

「そうだっけ？　でも、ああいう形で出会えなかったら今日二人でキャンプできなかったじゃない。あ！　そうだ。大事なこと言ってなかった」

ちらりと四海道先輩が俺を見た気がした。

「黒山君。今日はお疲れ様でした。ありがとうね」

「それは俺が言う台詞ですよ。今日はありがとうございました」

信号が赤から青に変わり、風を切る音が大きくなる。見知った風景が見え始め、この週末キャンプの終わりが近いことを感じる。

徐々にベルちゃんの速度が遅くなり、住宅街に入る。

「あ！　お兄ちゃん！　おかえりぃ！」

帰る前に澪にLINEをしていたからか、自宅前に澪がいて、俺と四海道先輩を見つけると両手を振って出迎えてくれた。

「ただいま。わざわざ出迎えてくれなくてもいいのに」

「何言ってるのさ。普段出歩かないお兄ちゃんが外で粗相をしてないか私、めちゃくちゃ心配してたんだよ⁉　財布とか落としてない？」

「過保護すぎだろ⁉」

「いいや、お兄ちゃんならありうるし。四海道先輩、お兄ちゃん失礼なことしませんでしたか？」

ベルちゃんに跨《また》がったままの先輩は苦笑する。

「大丈夫。むしろすごく紳士的だったよ」

「紳士？　え？　紳士？」

二回言うな。紳士な兄はお前の目の前にいるだろう。先輩も面白そうにクスクス笑わないで。

「本当に兄妹仲いいわね。じゃあ、今日は──あ」

ヘルメットをかぶり直そうとした四海道先輩は思い出したように声を上げ、胸ポケットからスマホを取り出す。ポチポチと操作して俺に手を差し出す。

「黒山君、スマホ貸してもらえるかしら」

「スマホですか？　えっと、はい」

「ありがとう。えっと確か、こうやって、うん。できた」

ピロリン。と音が鳴り、俺はスマホを渡される。何をしていたんだろう、と思う俺とは逆に澪が両手で口元を押さえて固まっているのが気になる。

ヘルメットをかぶり、四海道先輩は俺を見る。

「じゃあ、今日はありがとうね。連絡するね」

「え、あ、はい。お疲れ様です」

軽く手を振り、去って行く四海道先輩とベルちゃん。ベルちゃん、ゆっくり休んでくれよ。遠ざかる先輩の背中を見送り、俺も家に入ろうとしているときに気づく。

澪がまだ固まっていたのだ。

「澪？」

ぷるぷると震える澪が俺の両肩を摑む。その両目はキラキラと輝き、顔は推しのアイドルを見ているときのように緩みまくっている。

「ちょ、ちょっとお兄ちゃん！　お兄ちゃん、何しちゃったの⁉　え、ええ⁉」

「お、おいおい。何を言ってっ」

「だって今のＬＩＮＥ交換じゃん！　四海道先輩のこと、友達に聞いたらあの人めちゃくちゃモテるのにＬＩＮＥ交換とか全然しないって言うし！　え、なまらすごくない⁉」

「ＬＩＮＥ交換？」

「そうだよ！　つまりあの四海道先輩に親しくなりたいって思われたってことだよ！」

「親しく？　先輩が？　俺と？」

興奮する澪をよそに俺の頭の中にはてなマークが大量に生まれ、ピロリンとスマホに着信がくる。画面には【ふみか】という名前とメッセージが表示されていた。

【次の週末キャンプは君とキャンプ飯対決ヨロシク。負けないわ！】

と、書かれていた。もちろん、澪の黄色い悲鳴が黒山家を中心に響き渡ったのは言うまでもない。

# 定山渓温泉

JOZANKEI ONSEN

散策マップ

Staying at tent with senior in weekend,
so it's difficult for me to get sleep soundly tonight.

く 飛鳥　**幕間 5月7日**(土)

新しい仲間が増えたわ。カッパです

また新しいケダモノが増えておる
……彼氏のプレゼント?

彼氏?　誰?

一緒にキャンプ行った少年のこと
そのカッパだって文香の好みドンピシャだし

彼はそんな人じゃないと思う
ただ、あんなにアウトドア嫌いだと
言っていたのに、色々調べてきていたし
キャンプ飯でご飯を炊くとか全然想像して
なくてちょっと感動してしまったわ

ベタ惚れじゃん。アオハルじゃん

え?

見せつけか!?
27歳独身OLへの宣戦布告か!?

だから違うって。怒るわよ?
カッパのクーちゃんと一緒に怒るわよ?
ご立腹です

ぬいぐるみ全員目が据わってる笑
まぁ、からかうのは程々にして。
楽しめたなら何よりかな。少し心配してたし
ほら文香ってソロキャンが多かったから。
誰かと一緒だと楽しめるかなって

STAY AT TENT

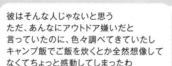

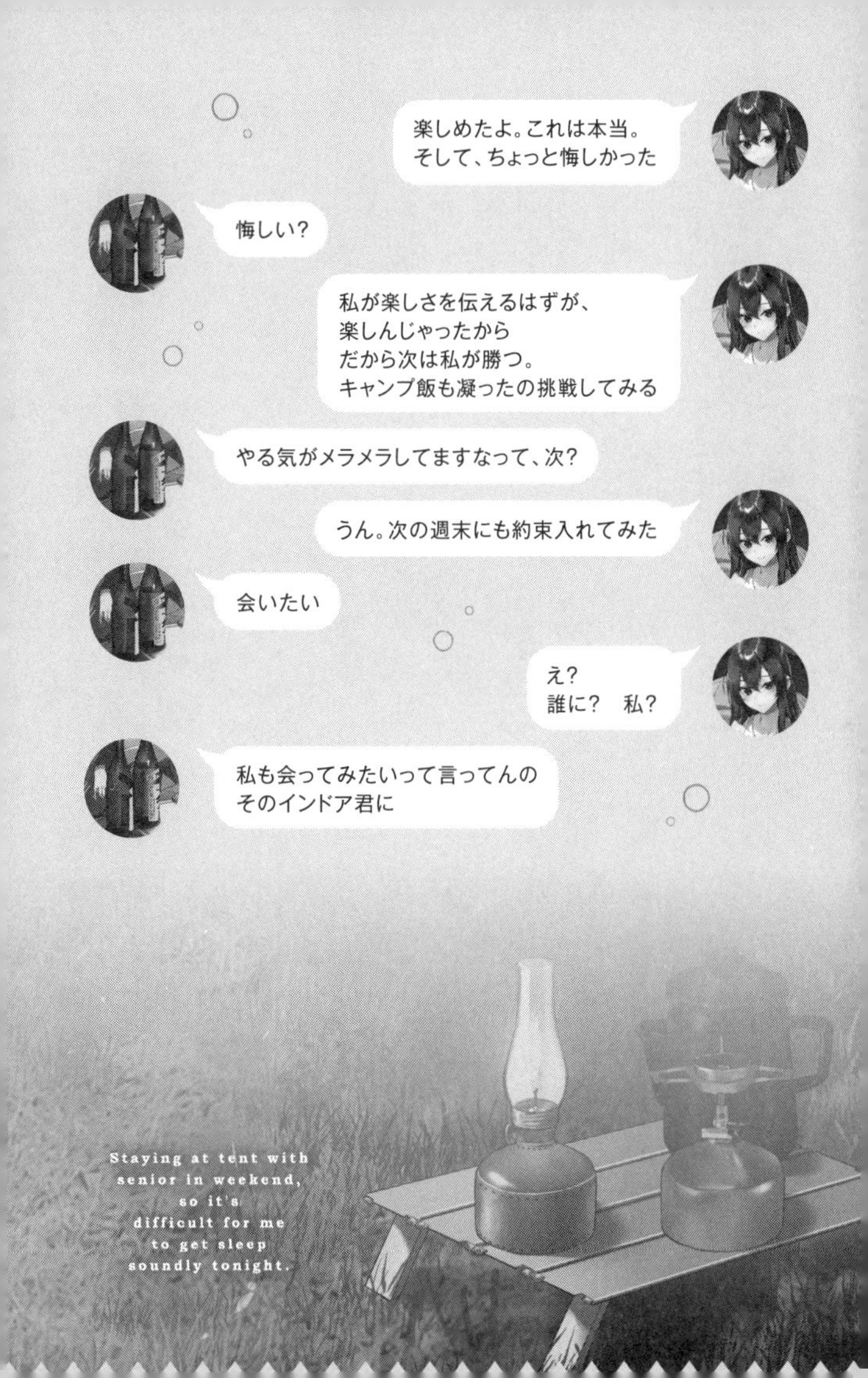
楽しめたよ。これは本当。
そして、ちょっと悔しかった
悔しい?
私が楽しさを伝えるはずが、
楽しんじゃったから
だから次は私が勝つ。
キャンプ飯も凝ったの挑戦してみる
やる気がメラメラしてますなって、次?
うん。次の週末にも約束入れてみた
会いたい
え?
誰に? 私?
私も会ってみたいって言ってんの
そのインドア君に
Staying at tent with
senior in weekend,
so it's
difficult for me
to get sleep
soundly tonight.

# 第3話 動き始めた時間

月曜日の放課後。カウンター当番の木村《きむら》先輩が突然口を開く。

「やっぱり。休み中にいいことでもあったんだ」

「突然、何を言い出すんですか？」

眼鏡《めがね》の奥。俺《おれ》を見ていた木村先輩に上ずった声で応《こた》えてしまう。

週初めだからだろうか。先ほどまでは忙《せわ》しなく出入りしていた学生の波も収まり、一息ついているときだった。

返却本を本棚に戻していた俺は曖昧に誤魔化《ごまか》す。

「別に何もないですよ。ゲームして、本を読んでいつも通りの週末を過ごしましたよ」

「インドアだねぇ、平常運転だ」

「そうですよ。インドアしか勝たんって感じです」

「じゃあ、家で何かいいことあったんだ」

「……先輩、なんか食いつきますね」

「うん。なんかとっても興味深い雰囲気が黒山《くろやま》君から漂ってくるから」

「へぇ。そんなに匂《にお》いますかね？　ああ、風呂《ふろ》に入っていないからかな？」

「んん？　嘘《うそ》は駄目だよ。黒山君、毎日朝シャンしてるよね？　シャンプーの匂いするし」

俺は驚愕《きょうがく》してしまう。どうして朝シャンしていることがバレた？

「あはは。女の子って匂いに敏感なんだよ？　そういう点では黒山君は合格ですっていうのは冗談で、今日の黒山君、声が活き活きしてるんだよね」

「俺の声が、活き活きしてますかね？　生まれて初めて言われましたが」

「むちゃくちゃしてるねぇ。ピカピカしてる」

澪《みお》に「お兄ちゃんが声優目指すって言ったら全力で阻止するから」と言われた俺の声が活き活きだって？　いや、少し嬉《うれ》しいんだけど。

「なんというか乙女の勘なんだけど、いつもの黒山君と違う気がして」

「いつもの俺と違う」

「そうそう。なんかそわそわしているというか。何か楽しみにしているというか？」

おっとりと話しながらも先ほどから核心に近いところをかすめられていく感覚だ。

「んんん。良い例えがないなぁ……あ！　そう、恋しているみたい！」

「ぶふっ⁉　す、すいません。風邪かな？　突然、咳《せき》が」

「ええ？　大丈夫？」

木村先輩がカウンターから身を乗り出す。ムニュンという擬音がでそうな上半身がカウンターの上で形を崩すのを見て、俺は急いで顔を逸らす。本当に無防備すぎるな、この先輩はっ。かすめて。かすめて。一気に穿《うが》つ。

まるでボクサーみたいな木村先輩の一挙一動に、俺は何とか平常心を取り戻す努力をする。

「恋だなんて、俺には縁のないイベントですから」

「えぇ？　そうかなぁ？」

「お邪魔するわね」

ガララ、と図書室の扉が開き、透き通るハスキーボイスと木村先輩の声が重なる。

揺れるサイドテールと膝《ひざ》丈より上のスカート。すらりとした両足を包む黒のストッキングに、冷めた表情が似合う整った容姿。

学生服姿の四海道《しかいどう》先輩がそこにいた。視線がかち合い、互いに言葉を探す。

「……」

「……」

いや、タイミングがよくない。最悪だ。

特に俺のほうは先ほどの木村先輩の言葉で四海道先輩を連想してしまっているし、澪が変なことを言ったせいでまだ色々と心の整理ができていない。

「あれ？　四海道さん？」

沈黙を最初に破ってくれたのは木村先輩だった。すると四海道先輩も俺から視線を外してくれた。

「木村さん。こんにちは。まだ利用しても大丈夫かしら？」

「全然大丈夫だよ。今日は何かお目当ての本でもあるの？」

「ええ。少し料理本を探していて。おすすめとかある？」

「料理本！　あるよぉ、あるよぉ。ここに香ばしい焼き物レシピ集が」

「ふふ。じゃあ、その香ばしい焼き物を頂こうかしら？」

図書室に入ってくる四海道先輩から身を隠すように俺は本棚に体を向け、返却本整理を行っているふりをする。

一緒にキャンプをして、ＬＩＮＥを交換しただけだ。別に変なことはしていない、はず。ただ澪が変なことを言ったせいで、ＬＩＮＥのやりとりも他人行儀気味になっちゃって、後ろめたい気持ちはある。

そもそもＬＩＮＥとか家族以外にしたことがないから、距離感が分からない。

「へぇ。これとか面白《おもしろ》そう」

「でしょう？　私もよく家で料理するんだけど結構愛用してるよ。あ、こっちの限界アゲアゲテンション爆上げ一人飯とかも面白いかも。土井《どい》ちゃんも借りてたし」

「土井先生が？」

「そう。俺の晩酌はこいつに決めたっ！　って笑顔で借りていったよ」

「あの土井先生が……少しウケるね」

「うん。あの大型の熊みたいな外見で土井ちゃん、塩とか砂糖はグラム単位でこだわるから」

「流石数学教師だね。ふふ」

何というか罪悪感が半端《はんぱ》ない。女子トークに無断で聞き耳を立てていることへの申し訳なさに尻《しり》が落ち着かない。

この学校でも確実に美女と呼ばれる四海道先輩と木村先輩は、談笑しながら本を選んでいく。でも料理本か。そういえば四海道先輩、料理が得意じゃないって言っていたな。

というか俺もあのキャンプから帰って父さんのギアを拝見したが、俺が欲しいと思った調理ギアがなかったのは残念だったなぁ。

「あ。これって外でも調理できるんだ……木村さん。この調理器具のページ撮ってもいい？」

「消音にしてくれるなら全然いいよ。ついでにこの本も借りる？」

「ええ。そうさせてもらおうかしら。じゃあ、えっと音が鳴らないようにアプリを起動して……ん。上手《うま》く撮れたわ」

心なしか嬉しそうな四海道先輩の声が聞こえ、遅れて図書室にピロリンと音が響く。

音は俺の尻から発せられた。

しまった。マナーモードにし忘れていたか。木村先輩に怒られる、と思いながら俺はスマホを取り出し、画面を見る。

ふみか【ね。これとか面白そうじゃないかしら？】

「えっ？　つ⁉」

「お、おお⁉　黒山君？　どうしたの？」

「い、いえ？　なんっ、何でもないですよ？　あはは」

書棚に脳天を思いっきりぶつけながらも何とか誤魔化す。痛いし、泣きそうだし、だがそれ以上に理解が追いつかない。いや、これって……。

「ん。こっちもいいわね。あ、こっちも。でも私には難しいかな？」

ピロリン。

「冬でもいけそうなキャンプ飯ね」

ピロリン。

「このギアならアルバイト先にも確か売っていたわよね」

ピロリン。

図書室に響くスマホの着信音。

四海道先輩はいたって真面目《まじめ》な表情で写真を撮り続け。

俺は次々と送られてくる写真を苦悶の表情で眺め続け。

木村先輩も最初はニコニコ顔だったが、鳴り響く着信音に徐々に首を傾げ。

四海道先輩が振り向いた。真《ま》っ直《す》ぐに俺を射貫くように見つめながら口を開く。

「……ちょっと。黒山君？　ちゃんと届いているよね？」

爆弾が降り注ぎました。それはもう言い逃れできないほどの大爆発《ばくはつ》です。

四海道先輩は少し頰《ほお》を膨らませてこちらを見ているが、俺には答えを用意できない。

木村先輩の顔から表情が消え、微《かす》かに口を開けて「ほう？」と呟《つぶや》くとつかつかと俺に近づき、俺が抵抗するよりも早く、スマホを覗《のぞ》き込む。

「あら」

「違うんです。木村先輩はすごい勘違いをして」

俺の説明も待たずに木村先輩は戻り、四海道先輩のスマホを覗き込む。

「あらあら」

「木村さん？」

「四海道さん。もしかして黒山君と知り合いなのかしら？」

「え？　うん。そうだけど？　黒山君とは週末一緒に過ごした仲よ」

「あらあらあらあら」

あ。まずい。

「……」

木村先輩、そんなにんまりと菩薩《ぼさつ》みたいな顔で俺を見ないで⁉　初めて息子の彼女を紹介された母親みたいな顔しないで！

木村先輩はうんうんと頷《うなず》いて身支度を整え始める。俺は慌てて木村先輩に弁明する。

「木村先輩、事情があるんです。俺と四海道先輩は木村先輩が想像するような――」

「黒山君」

「は、はい」

「私、応援するから。でも、高校生は清く正しくだよ？　じゃあ、今日は私、早上がりさせてもらおうかな。四海道さん、また今度お話ししましょうね？」

木村先輩は四海道先輩に笑みを向ける。

「え？　うん。喜んで」

「ふふ。恋の季節ねぇ。青春ねぇ」

四海道先輩は唐突なお誘いに微かに笑みを浮かべ、応じてしまう。

木村先輩が素早く図書室を出ようとしたときだ。

「こんちわ。もう閉室？　いや、後輩の練習に付き添っていたら遅くなって」

申し訳なさそうに入ってきた石川《いしかわ》先輩は図書室を見回し、四海道先輩を見つける。

「あれ？　珍しい――」

「石川君。今日はもう閉室にしようと思うの」

石川先輩の前に木村先輩はずいっと笑みを浮かべて立《た》ち塞《ふさ》がる。木村先輩と石川先輩では石川先輩の方が身長が高い。だが気のせいか？　ニコニコ顔の木村先輩のほうが明らかにでかく感じるのだ。

「え？　でも、ぎりぎり滑り込み」

「石川君」

圧。有無を言わさぬ圧を感じているのは俺だけじゃない。

石川先輩も口を閉ざし、強肩と呼ばれている肩を震わせている。

違和感を覚えていないのはお誘いを受けて喜んでいる四海道先輩だけだ。

「駅前に行ってみたいカフェあるの。付き合ってくれるよね？」

「ウス！」

元気よく応え、石川先輩は踵《きびす》を返して図書室を出て行く。木村先輩も図書室を出ようとした際、振り返りウィンクしてくる。

「黒山君、水曜日、図書室で待ってるね」

詳細説明とっても楽しみにしてるね♡　と俺には聞こえた。うん。幻聴じゃない。

そして、静寂が訪れた図書室。項垂《うなだ》れる俺。いや、まずいだろう。

「木村さんとこんなに長く話したのは初めてだけど、すごく優しそうな人ね。綺麗《きれい》だし、ちょっとドキドキしちゃった」

「俺は別の意味でドキドキしています」

「？　あ！　そうだ。ねぇ、どうして他人行儀なのかしら？」

「え？」

「ＬＩＮＥよ。まるで初対面な感じで挨拶《あいさつ》してくるだけだし」

四海道先輩は近づいて、俺の前でしゃがむ。

ストッキングに包まれた両膝を抱きかかえ、俺を見る視線には少し不満が含まれている。

「それは……変な誤解を招いてもあれですし。そんな親しげにするわけには」

「誤解？　どんな？」

形の良い眉《まゆ》を八の字にして、悩む四海道先輩。

俺が先輩と知り合い。それはまだいいだろう。あの週末キャンプも楽しかった。

その事実は覆らない。あれ以来、ネット通販で調理系のギアを閲覧する回数も増えた。それも事実。

四海道先輩とＬＩＮＥして気づいたが、この人はＬＩＮＥだと距離感がおかしい。まるで親しい友人のように接してきて、勘違いしてしまいそうになるのだ。

だからこそ俺は自制した。詮索《せんさく》好きな澪が不要な情報をくれたために、俺は変に意識しているのだ。そして、何よりこの気持ちを俺は四海道先輩にあんまり知られたくない。

「それは、その。色々、じゃないですかね？」

「色々……んん？　分からないわね。ああ、ただそれよりもここには次のキャンプの日程を相談したくて来たの」

四海道先輩は立ち上がり、背中を向けて本を書棚に戻していく。

「本当はＬＩＮＥで相談しようと思ったけど、直接のほうが早いと思って。君は中々返事くれないし」

ジトッと見られて俺は言葉につまる。

「それは、すみません」

「ふふ。いいよ。私も唐突すぎたし。で、週末キャンプのことだけど」

先輩が切り出した次の週末キャンプ。だがこれには俺もできれば直接言いたいことがあったのだ。

「そのことなんですけど、俺からも少し相談がありました」

「相談？」

「はい。次の週末キャンプは遠慮したいんです」

俺の言葉に四海道先輩の顔から表情が消えて、目を伏せる。罪悪感が心に染みこんでくるが、色々考えた末の相談だった。ちゃんと理由があるし。

四海道先輩は半歩下がる。

「そ、そうよね。勝手に私が決めて迷惑だったよね」

「え？　違います違います。なんて言うかアルバイトしようと思って、ですね」

俺は否定する。そう、これはこの前の週末キャンプ後に考えていたことだ。

「アルバイト？　欲しいものでもあるの？」

「前回のキャンプでは先輩にギアとか借りっぱなしで、申し訳なかったんです。だから次キャンプに行くなら俺も自前のギアを持って行きたいなって。だから、その資金調達の時間が欲しいというか」

キャンプの楽しさは人それぞれ。俺にとってインドアが一番なのは変わりない。だが外でする料理という点においてはかなり楽しかった。それに旅の経路を考えていく計画立ては今回できなかったが、少し気になっている。

静かに揺れるたき火。普段とは違う環境での調理。そして、隣で美味《おい》しそうに食べてくれる人。

いや、最後のは、駄目だな。四海道先輩の顔が浮かんでしまう。雑念を捨てなければ。

咳払《せきばら》いして、俺は先輩を見つめる。

「だからすいません。今週の週末キャンプは遠慮します。せっかくお誘いしてもらったのに」

「……そこまで考えて」

「先輩？」

呟かれた言葉は少し聞き取りづらい。俺も立ち上がり、固まる四海道先輩に近づこうとすると片手で制された。もう片方の手は口元に添えられ、何かを我慢しているように見えた。

ぱっと後ろを向き、両手で頬をぐにぐにとしてから数秒後、再びこちらを向いた四海道先輩はいつも通りのクールな表情だ。

鋭く俺を見据える双眸《そうぼう》。だが怒ってはいない、と思う。普段と違うとすれば心なしか顔が少し赤いぐらいだろうか？

「……今週の週末キャンプの件、了解よ。そうね、私の配慮が足りなかったわ。じゃあ、五月末の土曜日にしましょう」

「はい。それならある程度の準備ができるので俺も助かります」

ほっと胸をなで下ろした俺は思う。

全部のギアを揃《そろ》えるのは流石に軍資金が足りない。父さんのギアも少し借りなきゃだ。一番の悩みは運転免許だが、ここは年齢自体の問題で無理だから移動手段も考えなければいけない。

「ちなみにアルバイト先は決まっているの？」

「はい。いくつか候補はあって。明日、面接です」

居酒屋とか、コンビニとかはメンタルが持たない。家にいながらの内職でもよかったのだが、そうそう内職作業は募集していなかった。

「委員会活動がない日にシフト入れられそうで」

「それって何曜日？」

「えっと、火木ですね」

「そう」

先輩は何度か頷いて、一呼吸をおく。

「じゃあ、また水曜日に来るわ。そこで話していきましょう」

「え？　あ、分かりました」

くるっと身を翻《ひるがえ》して、四海道先輩は図書室を出ようとして扉を開ける。

「あと」

忘れ物を思い出したように。けど噛《か》みしめるような声が静寂に溶け込む。

「気軽にＬＩＮＥしてくれていいからね。別に」

有無を言わさずに去って行く四海道先輩。俺は一人図書室に残されて、怒濤《どとう》の勢いで体験した数十分を思い返し、息を吐いた。

「イベントが連鎖爆発した気分だ。でも、そうか。またキャンプに行くんだな、俺」

次はどのような体験が待っているのかという気持ちが沸々と湧《わ》いてくる。なんというか好きなゲームの発売日を待つ気分だ。

近場ではいくつか候補を絞っていたが、ルート選びはまだ一切《いっさい》考えていない。ここは四海道先輩にプレゼンしながら相談するのもありだろう。

俺は次のキャンプが決まった高揚感を抑え、ＬＩＮＥに送られてきた料理写真を流し読みして、四海道先輩でも挑戦できそうな料理を絞る。そして、メッセージを送る。するとすぐに既読がついた。

ふみか【ありがと。アルバイト、頑張ってね。ファイト！！】

簡素で。たった二十三文字で。でも、なんだ。すごく気恥ずかしい。

俺は俺が思っていたよりも単純なのかもしれないと一人で思った。

◆

駅近くにある喫茶店のアルバイトに受かった俺は毎週火、木、あとは隔週で土、日にシフトに入ることになった。訪れる客層も社会人のほうが多く、ゆったりとしたジャズの音が心地よい。なんとなく自宅にいるような安心感が気に入っている。

と言いつつも、最初の一週間はやはり苦難の連続だった。立ち仕事が多く、何より接客業。コンビニや書店よりも応対する人は少ないが、大変だった。澪にも心配されてしまった。

そして、初めての週末キャンプの後。四海道先輩が図書室にいきなり来たあの日以来、二人で普通にやりとりすることが多くなっていくのを感じていた。

俺が委員当番の日は閉室間際《まぎわ》にやってきて、それぞれの近況について少し話す。ＬＩＮＥでは次のキャンプ地の検討をすることもしばしばで、実は少し遠出する案もでてきている。

そして、アルバイトを始めて、一週間が過ぎたときのことだ。見知った顔が来店した。

「お。青春しているな」

大型の熊が現れた。違った。熊みたいな土井先生か。

ワイシャツは逞《たくま》しい胸筋でパッツパツになっており、店内ということもあり声量を抑えているが、それでも野獣感はにじみ出ている。知性を感じさせる眼鏡を指で上げ、土井先生は目の前のカウンターに座る。

「カフェラテを一つ頼む。ラテアートはそうだな……この森の熊さんマシマシで頼む」

「了解しました」

ギャップ！　恐らく俺含めて店内の客全員が突っ込みを入れたかもしれない。談笑中の常連客の主婦の方々はもう土井先生に興味津々だ。

俺は平常心を保ちながら豆を挽《ひ》く。

「担任の先生から黒山がアルバイトしていると聞いてな……いい店じゃないか」

「ありがとうございます。少し欲しいものがあってですね」

「結構結構。学生は色々なことに挑戦すべきだ。アルバイトで見識を広げるのも然《しか》り」

土井先生は文庫本を開き、ページを捲《めく》る。

「他者との交流で自らの世界を広げるのも然り。どうだ？　お前の私情は実を結んだか？」

海のように穏やかな視線だと思う。俺はエスプレッソを注ぎ、クリームを流し込む。

「今までの自分を否定するつもりはありません。ただ、否定だけでは勿体《もったい》ないと思えるようになりました」

「なるほど。それなら俺も無理言って稟議《りんぎ》を通した価値はあるな」

喉《のど》を鳴らす押し殺した笑い声に俺は顔が熱くなるのを感じた。指先を集中させて、熊のアートを描いていく。一匹。二匹。三匹……よし。いいできだ。

「お待たせしました。森の熊さんマシマシになります」

「ほう。これは、飲むのが躊躇《ためら》われるな。ふ、映えるじゃないか」

土井先生の前に出したカフェラテの上には俺が描いた三匹の熊のシルエットが並んでいた。

このお店ではラテアートが人気だ。バイト初日は苦戦したもののラテアートを練習して分かったが、中々に楽しい。

店と自宅での練習を繰り返し、澪には「お兄ちゃんって人間関係の構築は不器用の極みなのに、手先はすごい器用だよね。料理も上手だし」と笑顔で練習に付き合ってもらい、最終的には喜んでもらえるようになるまで上達することができた。

「うむ。味も中々」

土井先生はスマホでラテアートを撮って、口に含んで頷く。どうやら満足してもらえたようだ。

俺がカウンターから離れ、テーブルを拭きに向かおうしたときだ。来店を知らせるベルが鳴り、俺が確認する前に土井先生の声が聞こえてくる。

「なんだ。お前らも来たのか」

「あれ？　土井ちゃん？」

俺も来店者を確認する。そこにはリュックサックを背負った学生服姿の木村先輩と何故《なぜ》か四海道先輩がいた。胸元《むなもと》を少し着崩したラフスタイルな四海道先輩と、腰元まで届くウェーブが掛かった髪を揺らし、きっちり制服を着こなす木村先輩。二人のキラキラオーラに店の雰囲気が少し変わった気がした。

木村先輩は土井先生に近づき、四海道先輩も続き、カウンターに座る。すると土井先生がちらりと四海道先輩を見て、少し嬉しそうに笑みを浮かべた。

「これは珍しい組み合わせだな。いつから仲良しになったんだ、お前ら」

「な、仲良しというわけでは」

「それは土井ちゃんといえど言えませんねぇ。ただ仲良しであるという事実は変わりません」

「ちょ、ちょっと木村さん」

四海道先輩は困り顔だが、あれが喜んでいるということは、先輩と知り合って分かってきた。

だがしかし、これはまずいな。俺がここでバイトをしていることは先生と家族にしか言っていないのに。何というか知り合いに見られながら働くとか普通に辛《つら》くないか？

「黒山君？　そうか、ここでアルバイトしていたのね」

「……いらっしゃいませ」

「え？　あら。あらあらあら」

顔を背《そむ》けながらテーブルを拭いていたのに真っ先に四海道先輩に気づかれて、俺は挨拶する。

すると木村先輩も気づき、片手を頬に当てて笑みを深めた。

ちなみに木村先輩の勘違いは一応解いたつもりだ。俺の弁明を聞き、あれ以来四海道先輩と交流しているみたいで、木村先輩自身から謝罪があったからだ。

だが気のせいか俺と四海道先輩が一緒にいるときはあんなニコニコ顔になって、遠巻きに見てくる。絶対にまだ勘違いしていると俺は思っている。

「お前ら。あんまりうるさくするなよ？　黒山の迷惑になることもだ」

「分かっていますよ。土井ちゃんこそお仕事どうしたんですか？」

「終わらせたさ、もちろん。木村と四海道は勉強か？」

「はい。私が授業で分からなかったところを木村さんが教えてくれるって言ってくれて」

「ほう？　教科はなんだ？」

「えっと数学です。あんなに数字を並べ立てられても意味が分からなくて」

「……四海道。お前は俺に喧嘩《けんか》を売っているのか？」

「こら。黒山君の迷惑になりますよ。さくっと勉強しちゃいましょう」

額に青筋を浮かべる土井先生と真顔の四海道先輩。木村先輩が仲裁に入り、ニコニコした顔で二人を宥《なだ》める。

それからは俺が身構えていたよりも静かな時間だった。四海道先輩は節約と言いつつ頼まなかったラテアートを木村先輩が頼み、二人揃って満面の笑みで拍手してくれた。土井先生は読書の傍《かたわ》ら、四海道先輩が悩む箇所についてさりげなく助言している。

その説明もとても論理的で、見た目は野獣だが流石は数学教師だと思う。

時刻も十九時になり、客足も疎《まば》らになってきたタイミングで不意に四海道先輩のスマホが震えた。微かに見えてしまった画面には【草地飛鳥】と表示されていた。

「あ。少しごめんなさい」

カウンターから店外に出る四海道先輩。その背中を一冊読み終えた土井先生が見据える。

「いい傾向だな」

「え？　土井ちゃん、何か言いましたか？」

「いや、四海道は人付き合いがあんまり得意じゃない生徒だったからな。何というか、他者に気を使われるのを好まないと言えばいいのか」

三杯目のカフェラテを飲み干した土井先生の言葉を聞きながら俺はグラスを拭く。確かに四海道先輩は最初のキャンプの時にそんなことを言っていたと思い出す。

だから誰《だれ》にも気を使わず、気を使われない自由を四海道先輩は求めている。

「あいつが学校外で楽しみを持っているならそれで構わない。ただできることなら一生に一度しかない高校生活。学校生活も楽しんで欲しいとは思うじゃないか。余計なお節介だとしても」

「……土井ちゃん」

「まぁ、なんだ。俺自身高校生活は全く楽しくなかった。ただ友達ゼロでも全然気にしなかったし、早く卒業して都会いきたいなぁ、とか思っていたがな」

「土井ちゃん、最後で台無しです」

木村先輩はジト目で土井先生に突っ込みを入れ、先生は八重歯を覗かせながら笑う。

「だから二人とも。四海道とこれからも仲良くしてやってくれ。あの癖《くせ》が強い四海道のことは、面倒くさいお前らにしか頼めないんだ」

「……面倒くさいって言われた⁉　これはＰＴＡを通して抗議だね、黒山君」

「面倒くさいのは認めます。でも協力はしますよ、木村先輩」

「ふふ。覚悟――あれ？　黒山君も私を面倒くさいと思っているの？　あら？」

木村先輩が俺と土井先生に抗議の声を上げていると四海道先輩が戻ってきた。

「ごめんなさい」

「全然大丈夫だよ。ん、いい時間だね。じゃあ、失礼な二人を残して帰ろうか」

「……私はちょっと、もうちょっと残ろうかな」

気のせいかちらっと四海道先輩が俺を見る。その視線を追ってきた木村先輩が俺を見て、何かに感づいたようにごくりと喉を鳴らす。

「俺も帰るか。お前らもそろそろ、なんだ木村」

「土井ちゃん。私、少し相談したいことがあるんです」

「俺はない。それに腕を組むな。押しつけるな。胸が当たるだろうが。教師と生徒が腕を組んでもいいのは同性だけだ。俺を失業させる気か」

「それは完全にセクハラですよ？　もう。いいから行きましょう」

「お、おい。背中を押すな。どうしたんだ、突然。おい、木村っ」

ほぼ強引《ごういん》に土井先生は木村先輩と出て行く。どうしてだろうか、俺はこの光景に既視感を抱いていた。明日の図書委員活動はまた面倒なことになりそうだと確信している。

未《いま》だに何かを言いよどみ、両手をもじもじさせる四海道先輩はカウンターの前に立っている。

「四海道先輩、そろそろ店を閉めるんですけど」

「黒山君」

「は、はい」

「明日の放課後って予定とかあるかしら？」

「委員会活動だけですけど。あとは帰るだけです」

「そう。なら、少し付き合ってくれると嬉しいのだけど、どう？」

俺はその言葉の意味を理解し、受け入れるまでに暫《しばら》く掛かった。

◆

「ギア選び、ですか」

翌日の放課後、校門前で待っていた四海道先輩の言葉を俺は復唱した。

「そう。黒山君が良ければだけど。どうかしら？」

次のキャンプでは自分のギアを買おうと思っていたので、その提案は俺にとっても助かるものだった。

初心者が必ず買うべきギアをまとめたサイトや動画では物色していたが、やはりここは経験者に聞くのが一番だと思った俺は二つ返事でお願いすることにした。

「じゃあ、行きましょうか。私のアルバイト先なんだけど、品揃えは抜群なの」

先輩の表情はいつも通りだが、心なしかテンションが高い。

駅近くにある先輩のアルバイト先まで何気ない雑談をして、俺も四海道先輩が語るギアの魅力に心が躍っていくのを感じていた。

電車を乗り継ぎ、札幌駅から歩いて数分。俺と先輩は目的地であるアウトドア専門店にたどり着いた。すると店先で窓ガラスを拭いていた女性が顔を上げる。

「あれ？　文《ふみ》ちゃん？　今日はシフト休みじゃなかったっけ？」

「店長、お疲れ様です。次のキャンプで使用するギアの下見をさせてもらおうかなって」

「なるほど。ゆっくりしていって——え？」

笑顔が眩《まぶ》しい店長の視線が四海道先輩から俺に向けられ、俺も会釈する。

一瞬だが、店長の笑顔が固まった気がしたが、店長は足早に店内に入っていく。すると自動ドアが閉まる間際に少し興奮した声で「きっとそうだよ！　彼が文ちゃんの言っていた彼よ！」とか聞こえ、俺は一気に胃が痛くなってきた。

気分を変えるために俺は店先のショーケースを眺める。

ショーケースに並ぶのはテントやギア。それ以外にも登山に使用するトレッキングシューズや、サイクリング自転車も展示されている。

なんというのだろうか。こう、展示されている品を見て、ワクワクする感覚。

マネキンが着るウェアやシューズを見ていると隣に四海道先輩が近づいてくる。

「格好いいでしょ。私はバイクだからライダー系の服装になりがちだけど、やっぱり憧《あこが》れるわ」

「俺は先輩の服装も格好いいと思いますけど」

「そう？　……君は随分とはっきり言うのね？」

「え？　いや、妹に女性の服装はしっかりと見るように言われていて、すいません」

昔、澪に服装の感想を求められたときに適当に返事をしたら烈火の如《ごと》く怒られたのだ。何でも似合っていないと言われるよりも、適当な返事が一番むかつくと熱弁された。

俺に友達ができない原因もそこにあると、散々言われてからはしっかり見るようにしている。

「謝る必要はないわ。ただ、少し驚いて。私もあんまりあっちの服を褒められたことはないから。うん、でもそうか。格好いい、ね。ふふ」

「先輩？」

「ごめんなさい。ええ、大丈夫よ。じゃあ、中に入りましょうか」

「はい」

若干疑問は残るが、変に指摘するのも変だと思うので俺も四海道先輩に続いて店内に入る。

うるさくない程度の店内ＢＧＭと、照明に照らされた明るい店内にはぎっしりと多種多様なギアやウェアが展示されていた。

テント。シュラフ。タープ。ウェアや防寒具のメインギアはもちろん、お目当ての調理器具もかなりの品揃えだ。

「こっちがテントね。テントの種類だけでも色々あるけど、これだと家族向けのドームテント。こっちはパップテントね。渋いわよね。サバイバルナイフでお肉を切って、たき火であぶって、キャンプとかもロマンよね」

「へぇ……本当に色々な形があるんですね。ギアと方向性を合わせるのも確かにロマンありますよね」

思い浮かべるのはたき火でステーキを焼き、豪快に切り分けたキャンプ飯。確かにサバイバルナイフとか、このタイプのテントだとしっくり来るかもしれない。

「って、値段の差が広いですね」

腰をかがめて値段を確認するが、安い品は数千円だし、高い品は万を超えている。

驚く俺を見て、四海道先輩はけろりとした表情で応えてくれる。

「うん。用途によって違うからね。私のも確か三万くらいだったかな？」

「三万……まぁ、そのぐらいするか」

実際にアルバイトをして給与がどのぐらいになるかはざっくり計算できているものの、欲望のままに買える資金力は得られない。

だからこそ必要なものを選んでいかなければ。

俺はスマホを取り出し、必要なキャンプ用品リストを記載したメモを眺める。予算としては三万ぐらいだ。

テントやシュラフは父さんのギアを借りればなんとかなるが、調理系のギアは自前で揃えたい。次のキャンプで作ってみたい料理はある程度決めているし。

俺と四海道先輩は店内を見回し、先輩は淀《よど》みなく一つ一つの品について説明をしてくれる。

実際に使用したときの体験談も教えてくれるのでとてもありがたい。

そうして俺たちは照明のコーナーに入る。

ガソリン、ガス、灯油、ＬＥＤのランタンか。ひとまず手元さえ見えれば調理できるし、この大きめなガスランタンは今の俺では少し持っていくのが困難かもしれない。

俺があんまり物欲を刺激されずにコーナーを過ぎ去ろうとしていたとき、特徴的なフォルムのランタンが視界に入った。ガラスグローブの上部とガス缶の下部があるタイプだ。

「これってアニメでも登場していたやつだ」

「ん？　あ、ガスランタンだね。夜に使うと雰囲気出るんだよね」

「夜？　あれ、でも先輩って日帰りメインじゃ」

「ええ。夏のＤａｙキャンプだとランタンは必要ないけどね。冬は日が落ちるの早いから私も持っていくわ。私の場合は電池式のタイプだけど。えっと、店長。これって点けてみてもいいですか？」

「え！　う、うん。大丈夫だよ。ご、ごゆっくり」

四海道先輩は店長に話しかけ、ガスランタンを操作する。すると淡く揺れる炎がガラスの中に現れて、たき火とは違った印象を受ける。

「っ」

俺の中で衝撃が走り、パズルのピースが嵌《は》まる音が聞こえた。

夜空の星の下。

ぐつぐつと煮えたぎるチーズ。

テーブルを優しく彩《いろど》るランタンの光。

……いい。かなりいいな、これ。自室でカーテンを閉め切って照明をこれだけにして、映画鑑賞もありだ。

「黒山君？」

「あ、いや、その。次、行きましょうか」

誤魔化して、俺は気持ちを切り替える。今の俺、ひょっとしなくても自分の世界に入り込んでいた気がする。

気持ち悪い顔をしていなかっただろうかと頬をぐにぐにと捏《こ》ねる。

「いい顔していたね」

超能力者ですか、貴方《あなた》は。隣を歩く四海道先輩は腰を屈めて上目遣《うわめづか》いに覗き込んできた。前髪が揺れて、はっきりとした双眸が俺を捉《とら》えて放さない。

惚《ほ》れる人が多いというのも頷ける。それに実際に話してみると、この人の距離感は勘違いしてしまうほどに近いのだ。

「でも誘って良かった。黒山君の知らない顔を確認できたし」

「……俺も先輩がモテる理由が分かりました」

「何それ？」

「いや、先輩のこと好きだと言う人多いですよ。俺のクラスでも聞きますし」

「んん。そうなんだ」

しまった。踏み込みすぎた。

どこか歯切れ悪い感じを受けるが、これは俺が悪い。話題が話題だし、聞かれて楽しい話じゃないだろう。

先輩は美人だ。スタイルもテレビで見かけるモデルみたいで、冷めた表情が似合う。少し低めの声もギャップがある。外見で惚れる人も多いだろう。

ただ。この人は外見以上に、内面が独特な人だと思っている。もちろん、いい意味で。そして、恐らくだが、この人はそういう付き合いを今は求めていないように感じる。だから彼氏彼女とか、そっち方面の話は好きじゃないように思うのだ。

そんなことを考えていると、四海道先輩は手を口元に寄せて微笑んだ。

「ごめんなさい。本当に君は変わってるな、と思って。いつもなら誰かと付き合っているんですか、とか聞かれることが多くて。ただ君は結構踏み込んでくるくせに、一番踏み込んで欲しくない場所は踏み込んでこないから」

「……俺、失礼でした。すみません」

「ううん。ただ、何でか、その距離感は一緒にいてすごく楽かな。もちろん、褒めてるのよ?」

「どういたしまして」

素っ気ない返事をしているが、内心は心臓バクバクだ。

「次は――あ！　さぁ、黒山先生」

突然、俺のことを先生呼びし始めた四海道先輩。何事だろう。

「えっと、私もね。今度は真剣に料理してみようと思っていて」

「つまり調理ギアの選定を一緒にしたい、ということですか？」

「恥ずかしい話だけどね。お願い、できるかしら？」

クールな表情をどこに忘れてきたのか。目元を緩ませて、少し頬を赤らめる姿に俺も苦笑いを浮かべる。

「じゃあ、一緒に見ていきましょう。どんな料理を作ろうと思っていますか？　いくつかレシピを送っていると思いましたが」

「お肉をメインにしたいと思っているわ。その、なるべく簡単にできるものがいいのだけど」

俺自身もそうだったが、料理は最初から凝ったものを目指すのではなく、簡単なものから始めるのが慣れるコツだ。だから簡単な料理を選択に入れるのは合っていると思う。

「じゃあ……」

四海道先輩に送ったレシピを思い出し、候補を絞っていく。

「なるほど。待って、メモを取ってもいい？」

「構いませんよ。あとでＬＩＮＥでも手順を送りますか？」

「いいの？　助かる」

　調理ギアを一緒に眺め、調理手順を想像しながら店内を巡る。それが楽しかった。

　隣で熱心にメモを取る四海道先輩と俺自身もギアを購入していく。店を出るときにあのランタンのことを思い出すが、懐《ふところ》事情を考え、流石に厳しいと雑念を振り払う。

「黒山君、今日は本当にありがとう」

「俺のほうこそですよ。いいお店を紹介してもらいましたし」

　片手に握る袋の中には戦利品が入っている。早く試すのが楽しみだ。

「私のほうこそ色々助かっ――ちょっとごめんなさい」

　四海道先輩がスマホを取り出し、少し困った顔で応対する。そういえば店内を見て回っているときも何度かスマホを見ていたっけ。

　口論ではないが、話し相手側の勢いが強いのがうかがえ、四海道先輩は押しに負けたのか
「わかったわ」と呟いて、スマホをしまう。

「黒山君。この後、もう少しだけ付き合ってくれる？　会わせたい人がいて」

「大丈夫です。でも俺に会わせたい人ですか？」

「うん。ありがとう、すごく助かるわ。その、私の師匠に当たる人なんだけど、黒山君に興味持ってしまって。ご飯を一緒にどうかって」

「先輩の師匠」

時計を確認すると十七時三十分。

俺は断るのもあれなので澪に晩ご飯は外で食べてくると連絡する。

今思えば、学校帰りに外食するのは初めてかもしれない。そんなことを思いつつ、俺の初めてイベントは延長戦に突入する。

◆

肉が焼ける音って万能調味料の一つだと俺は思っている。音だけで白米が食えるってすごくないかな、と俺は目の前で焼かれる肉を見つめていた。

隣には少し申し訳なさそうにしながらも、しっかりと焼き肉を口に運んでいる四海道先輩がいて、キャンプ以外で食事を共にしたのは初めてだと考える。

ただ今日の焼き肉は二人きりというわけじゃない。

「んんんん！　ぷはぁ！　やっぱり焼き肉と生ビールは合うわね。うん。ビールサーバーとかキャンプ場に持って行けないかしら？　持っていきたいなぁ。ボーナス出たら買えるかな」

卓の向かい。ジョッキを片手に摑《つか》む女性は真剣な表情で悩んでいるようだった。

草地飛鳥《くさじあすか》。四海道先輩経由で俺をこの卓に呼んだ、先輩にキャンプのいろはを教えた師匠だと紹介してくれた。

黒髪のセミロングに、細身な体を包むワイシャツとカジュアルなパンツスタイル。意志の強そうな光をともす大きな瞳と整った容姿。妖艶さと可憐さを絶妙な感じで両立しているが、片手に握った生ジョッキが全てを台無しにしている。

この人は四海道先輩と同じタイプな気がする。だって出会い頭が「おぉ！　君が噂の焼きおにぎり君か！　へぇ、ほぉ？」だったし。

「ごめんなさい。飛鳥がどうしても黒山君に会わせて欲しいって言って」

「む。ちょっと文香《ふみか》？　だいたい文香が渋るから悪いのよ。毎回、都合が合わないって言うし」

「渋ってない」

「渋ってるぅ」

互いに譲らない女性二人に俺は何も口を出さない。こういうときは会話に参加しないのが一番だ。

「黒山君だっけ？　箸進んでいないわよ？　お肉嫌い？」

「いえ、そういうわけではないですけど」

「なら遠慮しないで食べなさい。これは私なりの感謝でもあるんだから」

「感謝？」

「そうよ。だって貴方、文香とキャンプ行ったんでしょ？　この子、一人で全然平気オーラ出しているけど、結構人見知りでね。知り合ったときも草地さんって、他人行儀丸出しで、大丈

夫かなって心配していたけど……結構楽しんでいたみたいだし？」

「けほっ！　ちょっと、何を言って⁉」

冷麺に手を付けようとしていた四海道先輩は咳《せ》き込み、耳を真っ赤《か》にしながら抗議するが草地さんはニマニマと嫌らしい笑みを浮かべるだけだ。

俺は平常心を持ちながらお茶を飲む。駄目だな。予想外に判明した事実に口元が引きつりそうになる。そうか。先輩も楽しんでくれたか……そうか。

「恥ずかしがらないの。楽しいものは楽しい。それでいいじゃない。逆に隠すほうが面倒くさいわよ」

「……そう、だけど」

「で？　楽しかったんでしょ？」

「…………………そうね。楽しかったわ」

何故かめちゃくちゃ俺を睨《にら》みながら四海道先輩は呟く。

草地さんはジョッキを空にしてテーブルに置いた。

「ふふ。私も文香もソロキャンばかりでね。だから誰かと一緒のキャンプっていうやつを文香にも味わって欲しかったんだよね」

「草地さんもソロでのキャンプを……どんなところに行っているんですか？」

「お！　私に興味があるのか少年！　私はこれでもキャンプ始めてもう六年ぐらいだからね、

道内も道外も色々行ってるかなぁ。文香と違って車だけど……こんな感じかな」

「失礼します——すごいな。この肉の焼き加減とか完璧《かんぺき》だ」

スマホを操作し、いくつか画像を見させてもらう。星が一面を満たす夜空。港町を彩る夜景の煌《きら》めき。こんがり焼けた骨付き肉にアヒージョ、といったキャンプで作るには少し手の込んだ料理に俺は声を出してしまう。この人、かなりの料理好きだ。

しばらく写真を見させてもらい、俺は顔をあげた。

「夜が好きなんですね。この星空はもしかして富良野《ふらの》のキャンプ場ですかね？」

そう。キャンプの画像を見ていると共通の風景が多いことに気づく。どの画像も夜なのだ。夜景も多いが、圧倒的に星空が多い。ネットで見たキャンプ場と似ていたので無意識に呟いてしまい、俺は謝るが反応がないことに気づく。

草地さんはにやりと笑う。照れを隠しているのか、わざと笑みを作っているように見えたがそこは指摘しない。そのぐらいは弁《わきま》えている。

「いやぁ、驚いた。少年、やるねぇ。うん。私は星が好きでね、キャンプするときはよく星が見える場所を選ぶの。文香も確か、キャンプするときにこれだけは譲れないって要素あったよね」

「え？　そ、そうね。あるにはあるけどって、そうだ。約束の件」

四海道先輩は思い出したように身を乗り出す。ちらりと俺を見て、再び草地さんを見る。

「ＬＩＮＥで相談してたでしょ？　その、遠出のキャンプをしたいって」

そう。次のキャンプで俺と四海道先輩の中で遠出する案もでていた。意外にも先輩が乗り気だったのだ。

先輩自身、いつか行う予定だった初の泊まりキャンプ用のギアも購入したみたいで、なら一緒に行こうよ！　という話が生まれたのだ。

ただ問題は二つあった。まぁ、両方とも俺が原因なのだが。

一つ目が移動手段だ。四海道先輩の移動はベルちゃんで、俺もそうなるだろうが、それだと先輩の負担が大きすぎる点。

二つ目が単純に倫理的に、特別な間柄でない男女でキャンプに行くのはどうか、という点。

四海道先輩は全然構わないというが、流石に俺が譲らなかったのだ。

だからまだＤａｙキャンプにするか、泊まりキャンプにするかは決まっていなかったが、泊まりキャンプについて語る先輩の顔はやけに印象に残っている。

「泊まりでのキャンプにようやく挑戦できる決心がついたの。今までは勇気がでなかったけど、色々アドバイスをもらえたし、行ってみたい。黒山君に会わせたらお願いを一つだけ聞いてくれるって言ったわよね？　だから、お願いします！」

四海道先輩の意図は分かった。だがこれは少し草地さんに悪いんじゃ、と思った俺は先輩を見て、息を呑む。

泣きそうに、いつもの冷めた表情を崩し、ぎゅっと両拳《りょうこぶし》を膝の上に置く姿。下唇を少し噛み、答えを待つ顔に、熱に俺は負けた。

あんな顔されたら駄目だろ。単純って言われても仕方ないかもしれない。

「……出会って早々にものすごい失礼かもしれません。俺からもお願いできますか？　俺にできることなら何でもします、一緒にキャンプに来てくれませんか」

「黒山君」

頭を下げて、頼み込む。

俺はインドアが好きだ。だが普通に生きていたら、知り得なかったキャンプの楽しさを教えてもらった。彼女に。ならできることならば協力してやりたい、と思う。

この気持ちは恩返しなのか。それとも別の感情なのか。

分からないけど。俺はそうしたい。

雑多な話し声や、肉の焼かれる音と沈黙。やがて草地さんが沈黙を破った。

「なるほど？　私に同行者として来てくれってことだね？　でも、来週の週末かぁ。ここ最近案件が立て込んでいて、休みが取れないかもなんだよね」

スマホで予定を確認しながら草地さんは口を結ぶ。難しいか、やはり。俺もちらっと父さんの予定を聞いてみたが、ちょうど仕事が繁忙期らしく予定がつかない状況だ。

視線を逸らしながら四海道先輩は草地さんに謝る。

「そ、そう。そうよね。いきなりすぎたしって、痛い。どうしてデコピン？」

「こらこら。諦《あきら》めが早すぎるぞ、若人《わこうど》よ」

　ニヤリと微笑む草地さんは、デコピンした指をそのまま俺に向ける。

「君も。何でもとか言わないの。悪い大人に騙《だま》されるぞぉ？　ったく、でもＬＩＮＥでいきなり相談しないところは策士だね、文香」

「え？」

「だって私が断るって分かっていたでしょ？　なにげに付き合い短くないし、ずっと泊まりキャンプに挑戦しようとしていたのも知っている。私が自分の目で見たものしか認めない性格だって知っているから、だから黒山君に会わせたんでしょ？　自信があったから」

「っ⁉　それは、悪かったわ」

「悪い女だねぇ。将来が心配ですよ、私は」

　どこか居心地が悪そうな四海道先輩と楽しげな草地さん。状況を読めないのは俺だけだ。

　美女二人の視線を浴び、今度は俺が落ち着かない。

「あの、俺が何か？」

「んん？　何もだよ、黒山君。ただ君ならＯＫかなって」

「それなら！」

「いいよ。何とか予定空けてあげる。特別だよ？　今期の営業成績なら有休とかもぎ取れるでしょ。何せ私のおかげでグループ会社の中でも、営業成績上のほうだし」

「ありがとう。本当にありがとう」

草地さんの言葉に四海道先輩は微笑を浮かべ、俺も卓の下でガッツポーズをする。

またキャンプに挑戦できるのだ。

しかも今度は泊まり。色々な料理が脳内に浮かび、改めて思う。

ちらりと隣をうかがう。草地さんと談笑し合う嬉しそうな先輩を見る。

……また美味しいと言ってもらいたいなあ。

そんなことを俺は思っていた。楽しんでもらいたいな、と。

その後の焼き肉食事会は初顔合わせとは思えないほどに楽しかった。まるで共通の趣味を持つコミュニティの中で何スレも話し合うみたいな、楽しさ。

草地さんのキャンプ話に俺が食いつき、四海道先輩が応戦するようにキャンプの思い出を語る。俺がこういうキャンプはどうかと相談してみると、草地さんは冷静にアドバイスをくれて、四海道先輩は想像しているのか微笑を浮かべてシメパフェを食べている。

楽しい焼き肉会は終わりを告げ、俺たちは解散した。さりげなく草地さんともＬＩＮＥ友達になっており、陽気な挨拶が来て、俺は歩きながら苦笑いを浮かべる。

「この人は色々とすごいな……通話？　どうしました、先輩？」

『よかった。いつもの黒山君ね』

「いつもの？」

『やりとりしているとき君はいつも遠慮がちだし、電話でもそんな感じなのかなって』

「……先輩ってやっぱり結構面倒くさい性格してますよね？」

『ふふ。そういう風にずけずけと踏み込んでくるのは嫌いじゃない。私も君のことは面倒くさいと思うし』

「俺も先輩との会話は気を使わなくて好きですよ？　気が楽なので」

『……』

「……」

互いに浮かべている表情が脳裏に浮かぶ。だがこれは事実だ。少なくとも学校生活でここまで本音で話せる人はいない。

最初に沈黙を破った四海道先輩の声が鼓膜を震わせた。

『でも、改めてありがとう』

「何がですか？」

『飛鳥を説得するのに協力してくれて、よ。途中から気づいていたよね？』

「俺はただ焼き肉を奢《おご》ってもらっただけですよ」

『面倒くさいわね。ふふ、君らしいけど』

「色々な人に言われて慣れてきている自分がいますけど。まぁ、面倒くさいかもですね」

誰かと接するのを避けてきた俺としては今の状況は少し特殊だ。

だから、しょうがないだろう。まだ距離感を掴みかねている。

俺の言葉に四海道先輩は軽く息を吐き、もう一度お礼を言ってくる。

『うん。だけど、ありがとう。キャンプ、すごく楽しみ』

「俺も楽しみなんで。お礼は不要です」

互いにキャンプへの思いを語り、俺は自宅についた。

澪が「え？　お、お父さん！　お母さん！　お兄ちゃんが、お兄ちゃんが誰かと焼き肉行ってきてるっ！」と大騒ぎした以外はいつも通りの夜だった。

そう。楽しみだ。

そして、迎えた遠出の週末キャンプ当日。四海道先輩は待ち合わせ場所に来なかった。

来たのは一通のメッセージ。

ふみか【ごめん。本当にごめん】

そのメッセージ以降、四海道先輩とは連絡が取れていない。

# 第4話 インドア男子、奮起する

四海道《しかいどう》先輩が学校を休んでもう三日になる。

いくらLINEにメッセージを送っても既読はつかずに、俺《おれ》はスマホをしまって返却本の整理を行う。

ファンタジー、恋愛、そして、アウトドア。足が止まり、俺は書棚に並ぶアウトドア関連の本の背表紙を指でなぞる。

あの約束の日。遠出の週末キャンプ当日。

俺と草地《くさじ》さんは駅前で四海道先輩を待っていた。アルバイト代で目的のギアを購入し、献立の下準備も済ませていた。

俺の計画通りならば先輩に美味《おい》しいっと言ってもらえる自信があった。

だが四海道先輩は来なかった。

明確な理由も言わず。

待ち合わせ時刻に来なかった。

草地さんから後で電話で聞いたが、先輩は泣きながら草地さんに連絡し、自らが約束の日にインフルエンザにかかってしまったことを伝えたらしい。

「……別に気にしてないのに」

思い返して何度目か分からない溜《た》め息を吐《つ》く。

時計を見るともう図書室を閉室にする時間だ。

俺は図書室の利用者、まぁ、今日は一人しかいないのだが、窓際の席で真剣な表情で本を読んでいた石川《いしかわ》先輩に呼びかける。

すると石川先輩が首を回しながら顔を上げた。見ればこの前入荷したスポーツ医学の本を読んでいたらしい。

「ああ、首がいてぇ。黒山《くろやま》、これ今日借りていってもいいか？　本当はここで読み切りたかったけどもう限界」

「大丈夫ですよ。じゃあ……先輩、本を渡してもらっていいですか？」

本を受け取ろうとしたのだが、石川先輩は手を離さずにつかみ合う形になる。

射貫くような視線と真面目《まじめ》な表情。少し強面《こわもて》だが中身は真面目な人だと知っているので、単純に悪戯《いたずら》というわけではなさそうだ。

数秒見つめ合っていると石川先輩が「やっぱり」と呟《つぶや》く。

「お前……何かテンション落ちてるだろ？」

「そう、ですか？」

「ああ。ほら、普段だったら図書室で本を探している人がいたらさ、その人が持っている本と似たジャンルの本をさりげなくおすすめ本コーナーに置いたりしているだろ？　ただ今日は目線で応援しているだけだし。まぁ、どっちも直接声をかけないのはお前らしいけど」

「なんですか、その面倒くさい奴《やつ》は」

「だってお前、面倒くさいだろ」

いや、そんなズバッと言わなくてもと思うが。それにお前当たり前のこと言うなよ、と心の中で思っている顔だな、これは。

ただ。実際にその通りかもしれないか。

「……まぁ、テンションは落ちてるかもしれませんね」

確かに色々な人にここ最近面倒くさい、と言われているから認めるけど。

というか確かに最近の俺はそんな感じだ。図書室に借りに来る人は誰《だれ》かと知り合いたくて来ているわけじゃないのだ。だからこそ適切な距離感は大切で、俺も手助けは必要最低限のつもりだ。

「ただ全然たいしたことじゃないというか。はい、全然大丈夫です」

でも、ここ二日は確かにできていないし、原因は分かっている。澪《みお》や木村《きむら》先輩もあえて四海道先輩が休んでいる件については触れてこないいし、俺も聞きはしない。

「なるほどな。ま、木村先輩もほわほわしてるようにみえて鋭いけど放置、ね」

ようやく本を手放してくれた石川先輩は何故《なぜ》か立ち上がらずに、むしろ腰を深く沈めた。

「石川先輩、そろそろ閉室にしようと思うんですけど」

「いいや。させないね」

「え？」

「俺はこれでも義理堅いんだぜ？　テンションが落ちてる後輩がいて、悩んでいるなら相談に乗るのが俺だ」

「いや、だから」

「俺。悩み聞くまで。帰らない」

両耳を塞《ふさ》ぎ、カタコトで話す石川先輩。陽《よう》キャのノリを俺に求められても困る。

「先輩、本当に困るというか」

「俺。悩み聞くまで。帰らない」

「……」

だがそれ以降、無言で頑として動かない固い決意を感じて、俺は溜め息を吐く。中学時代は色々諦《あきら》めて、それを指摘してくるのは澪ぐらいだった。学校生活では俺が何を切り捨てようが、気にする人間はいなかった。

空気を壊すことを避けてきた俺が。

諦めて。興味がないと切り捨ててきた俺が。

固執しているのだ。諦め切れていないのだ。

何を？　キャンプを？　違う。

「……少し。少し長くなりますが、いいんですか？」

「はっ！　野球部エースを舐《な》めるなよ？　こちとら試合に出れない仲間の思いも背負って一球一球に魂込めてんだ。黒山一人ぐらいの悩みが増えたところで屁でもねぇ」

にかっと笑う石川先輩に惚《ほ》れてしまいそうだ。

……はずいだろ。こんなこと。キャラじゃないだろ。

でも。四海道先輩と会わない時間が増えるたびに、自分の中でもやもやしていたそれは明確になっていく。

俺は一言謝って、石川先輩の対面に座る。ぼそぼそと、経緯を、俺自身の中で燻《くすぶ》る何かを浮き彫りにしていく。

思い出すのは最初のキャンプ。

俺には楽しめないと切り捨ててきたアウトドア。だが実際に調べ、体験すると楽しかった。インドアが史上最高だとは思うが、キャンプにはキャンプの楽しさがある。

それは俺が切り捨ててきた楽しさだ。

特に外でやる調理は難易度が高く、必要な調味料や器具を忘れた場合は計画の破綻を意味する。だからこそ下準備が必要で、全てが計画通りにできたとき、言い得ぬ高揚感と達成感があった。

更に言えばキャンプ場にたどり着くまでに楽しめるルート作りも、シミュレーションゲームみたいで面白《おもしろ》いと思った。

だからこそ次の遠出のキャンプは楽しみだった。何度も四海道先輩と相談して、行き先を決めて、ルートも決めた。

「っ」

キャンプが中止になってショックだった。高揚感が一気に吹き消されたから。

でも具合の悪い中で強行しても楽しめないだろう。俺の中でそう決着したはずだ。したはずなんだ。四海道先輩は休みたくて休んだんじゃない。

そんなことは分かっている。

話し終えても石川先輩は何も語らない。俺が答えを求めても慰めの言葉もない。

酷い先輩だ。俺に言いたいことだけ言わせて黙るのか？　俺は石川先輩を睨《にら》み付ける。拳《こぶし》を握り、言葉を噛《か》みしめる。

──違うだろ。分かっているはずだ。俺が悔しかったのはそこじゃない。

決着がついた。いや、俺自身がそうやって勝手にまた、諦めようとしたんだ。

「……先輩は、あの人は本当に楽しみにしていたんです」

俺はキャンプの楽しさを知った。楽しむことと向き合って、俺が楽しいと思える何かを見つけることができた。

「初めての遠出キャンプで、観光スポットとか、キャンプ飯にも挑戦するって言っていた」

隣で美味しいと言ってくれた二歳上の少女。

出会いは最悪だった。絶対にわかり合えないと思った。

インドア好きな黒山香月《かづき》。

アウトドア好きな四海道文香《ふみか》。

空気を壊さないために切り捨ててきた俺。

楽しむことを忘れなかったために一人で楽しもうと決めた彼女。

似ているようで。似ていない。

交わらない世界にいた俺の手を強引《ごういん》に摑《つか》み、教えてくれた人。

「俺はっ。楽しんで欲しかったんです、先輩に」

冷めた表情が似合う四海道文香が見せた笑顔が俺は好きだったんだ。

だから納得いっていない。仮初めの答えを用意して、納得したように自分に言い聞かせてきたんだ。

何も説明もせずに、俺の言葉を聞いてくれない四海道文香に怒っていたんだ。一方的に切り捨てられたような気がして、俺は悔しかったんだ。

くそ。視界が潤む。

袖《そで》で目元を拭い、嗚咽《おえつ》を呑《の》み込む。キャラじゃない。恥ずかしいだろ、俺。友達でもない。家族でもない。先輩の前で、こんな感情を吐露して。

「すみません。こんな話して。恥ずかしいですね、俺」

「恥ずかしくねぇ。一ミリたりとも恥ずかしくねぇ」

「え？」

「俺は四海道先輩とは接点がないし、黒山から事情を聞いただけだ。でも、それでもお前がそこで怒ることは間違いじゃないと思う」

石川先輩は身を乗り出し、俺の胸に拳を当てる。

「木村先輩が口を出さなかった理由がよく分かった。これはさ、お前らの問題なんだ。外部の奴らがうだうだ言っちゃ駄目なんだよ。だって何も終わってないだろ？　お前と四海道先輩は何も始めてないだろ？」

「何も、始めてない？」

「ああ。そうさ。たった一度駄目になったから諦める？　ふざけんなよ、食らいつけよ。何もぶつかっていないのにもう終わりだって決めつけるのは勿体《もったい》ないだろ」

「っ」

——体験していないのに楽しめないと決めつけるのは、すぅぅぅっごく勿体ないと思うわ。

脳裏に彼女の言葉が蘇《よみがえ》り、体が熱くなる。

「俺はさ。野球部のエースみたいに呼ばれているけど、この腕爆弾だらけでさ。中学時代に医者からはもう野球を諦めるべきだって言われてんだ。だけどよ、他人から無理だって言われて、誰が納得できるかよ。俺自身がまだ納得できていないのに諦められるかよ」

拳が外れて、石川先輩は照れくさそうに笑う。

「難しい本とかいっぱい読んで、俺はまだ野球を続けている。偶然かもしれないし、医者のほうが正しいかもしれないけど。俺は自分が全部やりきった後なら納得できる。だから黒山。お前と四海道先輩はまだ何も終わってねぇよ」

石川先輩は立ち上がり、図書室を出て行こうとする。

去り際に足音が止まり、俺は背中に視線を感じた。

「ここまで恥ずかしいこと言わせたんだ。もう少し当たってみろよ。骨ぐらい拾ってやるさ」

有無を言わさずに石川先輩が出て行く。気のせいか、廊下のほうで石川先輩の悲鳴と木村先輩の声が聞こえた気がした。

「……本当にお節介で、面倒くさい、俺には勿体ない先輩たちすぎるだろ」

胸は熱い。いつまでも熱が灯《とも》っている。

俺はスマホを取り出し、彼女に連絡を取る。

そう。まだ俺は納得していないのだから。

◆

「まさか君から会いたいって言われるとはね」

翌日の放課後。俺はアルバイトを休ませてもらって、駅前のファミレスで草地さんと会っていた。長い足を組み、首元の小さなリボンが似合うカジュアルな姿。草地さんはまさにできるＯＬという感じで店内の視線を集めていた。

向かい合う俺は緊張しながらも、要件を伝えようと口を開く。

「今日は――」

「待って」

ぱっと片手を出した草地さんは俺の言葉を止め、手招きする。顔を近づけると心配した声色で話しかけてきた。

「あれよね？　私に惚れたとかじゃないよね？　嬉《うれ》しいけど、流石に高校生はちょっと駄目かなって。いや、ほら。私も大人だから倫理的にね。彼氏いるわけじゃないんだけどさ」

「……草地さん？」

「いやっ！　あはは、私の勘違いなら全然いいんだけど！　あははは」

何というか可愛《かわい》らしい人だなと思う。俺が無言でいると、草地さんは珈琲《コーヒー》が入ったマグカップをカタカタ震わせながら飲み始めたので、俺も話題を切り替える。

「今日は忙しい中、会っていただいてありがとうございます。あの日、以来ですね」

「……そうだね。あれから文香から連絡は？」

「ないです。メッセージも既読つきませんし」

「なるほど。私と一緒か」

「草地さんもなんですか？」

それは知らなかった情報だ。俺はてっきり、俺だけ一方的に繋《つな》がりを断たれたと思っていたのに。

草地さんは俺の反応を見て、苦笑いを浮かべた。

「私と文香もそんなにお互いのことを知っているわけじゃないよ。元々はソロキャン同士で知り合った仲だし、一緒にキャンプしたのも数回だけ。知っているのはお互いの年齢と職業、キャンプの方向性ぐらい」

「でも四海道先輩は草地さんのことを師匠って呼んでいましたよ？」

「師匠⁉　ぷっ、あははは！　もう、あの子ったら」

大笑いする草地さんは息を整え、足を組み直す。

「でも、そうだね。初めて文香をキャンプ場で見かけたときは全てが危なっかしくて、色々教えたっけ。でも、今ではソロキャンプ好きな仲間？　情報を共有する同志みたいなものね」

「四海道先輩が危なっかしいって嘘《うそ》ですよね？」

全然想像できない。だって俺にキャンプ場で色々教えてくれた四海道先輩は、自信に満ち溢《あふ》れていて、頼りになって。そう、俺にとってのキャンプの師匠みたいなものだろう。

だが草地さんは指を折って数えていく。

「そうだなぁ、例えばテントを組むときにポールを折ってあたふたしたり、ペグを打つときに手を打ったりしたこともあったわね。冬キャンプのときは薄着で死にそうだって、私のテントに潜り込んできたっけ。あはは、懐かしいな」

「……俺、全然四海道先輩のこと知らないんですね」

「文香は意外と後輩には失敗見せたくないタイプだしね。特に黒山君の前では頼りになる先輩キャンパーでいたかったんだと思う。だから今回の体調不良によるキャンセルは、堪《こた》えたんだろうね。黒山君を嫌いになったとかじゃないと思うよ。恐らく逆」

「逆」

「そう。自分自身が許せなくて、嫌いになって、認めたくないんだと思う。黒山君には黙っていてと言われたけど、黒山君を裏切ったと言っていたし。本当に文香、楽しみにしていたんだ」

マグカップの口元を指でなぞる草地さんは思い出すように呟く。

先輩が学校に来れない理由も教えてもらった。俺に返信しない理由も分かった。

初めてのキャンプの時、四海道先輩は言ってたはずだ。

誰かに会うためにキャンプをしに来るんじゃない、と。自分自身が楽しむために。一人でも誰かに気を使わせない、自由でいられるから、キャンプが好きなんだと。

そんな四海道先輩が俺と一緒のキャンプを楽しみにしていた。その事実に胸の奥が熱くなる。同時に沸々と別の感情が湧《わ》いてくる。

勝手に嫌いになってるんじゃない。俺は自由に、全力で楽しもうとする姿に憧《あこが》れを抱いたんだから。貴方《あなた》が好きなそれを嫌いにならないでくれ。

俺は息を呑み、顔を上げる。

「草地さん。お願いがあるんです」

「お願い？　お姉さんが高校生男子にできる常識的な範囲かな？」

「はい」

真《ま》っ直《す》ぐに見つめ返すと吸い込まれそうな、落ち着いた双眸《そうぼう》は俺の心の中を読もうとしている気がした。

背もたれに体を預けた草地さんは柔らかく微笑んだ。

「眩《まぶ》しいなぁ、本当。私も学生時代に君みたいな人がいたら、もう少し屈折せずに人生過ごせたのかな？」

「俺は草地さんほど真っ直ぐで優しい人はいないと思ってますよ」

「口が上手《うま》いわね。少年、将来女を誑《たぶら》かす男になるなよ？」

俺と草地さんは互いに口元を緩ませ、にやっと笑みを浮かべる。

だってそうだろう？　社会人で忙しいはずなのに、家族でもない高校生の心配をして、ましてや友達でもない高校生男子にこうして付き合ってくれているんだから。

俺はお願いの内容を語る。それは少し強引で、だけど俺と四海道先輩には必要なことだった。

そして、草地さんにお願いしたいことは一つ。計画を話し終えると草地さんは確認するように言ってきた。

「君がそこまでして文香にかまうのは何で？」

「恩返しと仕返しです。俺はあの人にキャンプを嫌いになって欲しくないんです」

俺は迷わず応えた。

そう、これは俺がキャンプに出会うきっかけをくれた恩返しと、勝手に終わらそうとしている彼女への仕返しだ。

虚をつかれたような表情で口を開けた草地さんは笑みを零《こぼ》した。

「ふふ。ふふ。青春だねぇ……でも、君も結構厳しいこと言ってくるね？　私、これでも一ヶ月に数千万もぎ取ってくる営業よ？　有休取ってくるのも大分文句言われたんだけどぉ？」

「無理を承知でお願いします！　お金が必要なら出世払いで絶対に返しますっ」

頭を下げる。まだ答えは返ってこない。店内に溢れる雑多な声の中に草地さんの声が混じっていないか耳を澄ませるが、草地さんの声は聞こえない。

ゆっくりと顔を上げると額に軽い衝撃が走った。

「こら。あんまり大人の女性を舐めるなよ？　青少年がここまで頑張っているのに金銭を要求する馬鹿《ばか》がいるか。いいよ。協力してあげる。それに君が本気ならおすすめの場所を紹介してあげよう」

「っ。ありがとうございます」

その後、俺は草地さんに色々教えてもらい、帰路についた。

◆

「……お兄ちゃん」

「ん。どうした？」

風呂《ふろ》から上がり、自室に戻ろうとした俺に澪が近づいてくる。

バチン、と背中に衝撃が走ったかと思うとぐいっとカップアイスを押しつけられた。見れば澪が試合前に必ず願掛けとして食べているコンビニの高級アイスだ。

「これ。餞別《せんべつ》ね」

「餞別だけ欲しかったな」

「駄目。背中に私の妹成分を注入したから。これで出不精《でぶしょう》なインドアお兄ちゃんもやる気百%のはずだから。今のお兄ちゃんは無敵だから」

「……お前、どこまで知って」

「知らなくても分かるの。いつ相談してくるのかなって心配していたら、何か一人で復活しているしさ。勝手に大人になりすぎ」

澪は勝ち気に微笑み、ガッツポーズをする。

「ガンバだ。お兄ちゃん！」

「はは。ああ。悔いの残らない範囲で、全力で楽しむさ。ありがとな、澪」

「えへへ。お兄ちゃん、キモ〜〜〜い」

「兄をキモいって言うな。キモいって」

自室に戻り、俺はベッドに座る。深呼吸して、震える指を押さえる。

これから俺は俺らしくない行動をする。いや、下手したら陽キャも青ざめる行為だろう。だが絶対にやる。だってこうも色々な人に勇気をもらったらやるしかないだろ？

何より俺は認めたくない。

「……」

ここは自室。

俺の領域。

俺の世界。

だから、ここでは俺が最強だ。

ＬＩＮＥを起動させ、四海道先輩とのトーク画面を出す。そして、俺が先輩に送れる最大限の言葉を書き出した。


黒山【先輩の週末をもらいます。六月十一日は予定を空けておいてください】

メッセージに既読が初めてついた。

これで俺の行動指針は決まった。もう後戻りはできない。

それから俺は日々学業とアルバイト、草地さんとの相談に明け暮れた。あれから先輩は登校していないらしいが、俺を避けるように接触してこない。

だが草地さん側には四海道先輩から、どういうことか聞かれたと草地さんが教えてくれた。

もちろん草地さんははぐらかしてくれている。

上等だ。それでこそ挑戦のしがいがある。俺はこの様子に既視感を抱いていた。そう、俺もそんな感じだったのだ。初めて週末を奪われた、四海道先輩との初キャンプでは。

そして、六月十一日。土曜日の午前九時。俺は戦いの火蓋《ひぶた》を切る。

ピンポーン。ピンポーン。ピンポーン。

「はい。四海道です。営業なら結構です」

普段とは印象が違う、ゆる系の私服姿の四海道先輩が玄関先で俺の顔を見る。

「おはようございます。先輩。いい天気ですね」

「黒山君？　え、どうして私の家が？　え？」

「先輩。俺とキャンプに行きましょう。準備はできていますか？」

「きゃ、キャンプ？」

そう。今度は俺が連れ出す番だ。彼女がもう一度、愛する自由を体験してもらうために。

◆

「どうして私の家が？　っていうか嘘じゃなくて、え？」

混乱する四海道先輩は口を押さえて、俺と俺の格好を確認していく。

「草地さんに教えてもらったんです。少し迷いましたが、先輩の相棒のおかげでたどり着けました」

四海道先輩の家は地下鉄の駅最寄りの住宅街にあった。駅周辺にあるドーナツショップや英会話塾の看板を見ながらゆるやかな坂を下り、住宅街に。草地さんに教えてもらった住所をスマホで確認しながら探していると表札よりも先に、見慣れた先輩の相棒を見つけたのだ。

ゆっくりと先輩の視線がベルちゃんに向けられ、形のいい唇がゆがむ。ぎゅっと両拳が小さく握られた。

「相棒……ん。一応、毎日磨いているから。でも、暫《しばら》くは乗れないかな」

「どうしてですか?」

「英語の勉強が忙しいから。私、受験もあるし。文系の大学、目指そうと思っているから。だからキャンプも暫くはお休みしようと思っているの」

「土井《どい》先生が先輩は数学以外問題ないと言っていましたけど?」

「っ! あのお喋《しゃべ》り教師」

「先輩」

俺は呼ぶ。もう四海道先輩は俺の目を見てくれていない。苦しげに足下を見ている。

もう一度、呟く。

この人はクールで、優しくて、弱い。強くて、頼りになって、でもどこにでもいる一人の人間だ。

勝手に幻想を抱いていたのは俺のほうだ。だが四海道先輩は勘違いしている。

俺は自分が思っているよりも弱くて、諦めが悪い。そして、自他共に認める負けず嫌いなんだ。

「先輩がドタキャンしたキャンプ、俺は楽しみにしていましたよ? 一緒にギア選びしたり、どんなキャンプにしてみようかって、相談したりするのも楽しかった」

「っ！　そ、そうよね。分かってる。私は黒山君に期待だけさせて、裏切った。だから本当に申し訳なくて。私はもう――」

「でもそれ以上にあのＬＩＮＥを見て、悔しかった」

ぐっと拳を握りしめる。ガタガタと両足が震える。だってそうだろ？　友達でもない。彼氏彼女でもない。ただの先輩と後輩。キャンプに一度行っただけの間柄。

そんな俺が四海道先輩の家の玄関先で、早朝に彼女と対峙《たいじ》しているのだから。

勇気を出せ。ここで勇気を出さなきゃいつ出せばいいんだ。

「先輩は俺にキャンプの楽しさを教えてくれました。最初の出会いは最悪で、俺は正直、先輩とは一生わかり合えないと思っていました」

「……はっきり言うわね、君は」

「でも、実際にキャンプして、俺は俺自身が、色々なことを知る前に、切り捨ててきたんだと気づきました。全部、先輩が教えてくれたんです」

「それは買いかぶりすぎよ。あと、私は君とはわかり合えると思っていたわ」

ずるいぞ、この人。あのとき、俺のこと明らかに嫌っていただろうに。餌場を荒らしに来た新参者の野良猫を見る目だったろ。

という考えを俺が抱いていることはもうお見通しらしく、四海道先輩の表情はいつもの冷めた表情に戻っている。

そう。俺が知る。自分の世界を持つ四海道文香。

だがそれでいいのだ。俺と先輩はそういう関係性が、一番互いに居心地がいいのだ。

「俺は誰かの楽しさとか、空気感とか壊すのが嫌で、怖くて、切り捨ててきた。でも、それでも満足だったんです。楽しかったから。それは今でも否定しません。だって、それが俺だから」

インドアは素晴らしい。その気持ちがあるから今の俺がいる。

でも俺は知ってしまった。体験してしまった。

好きになれると思わなかった。楽しめると思っていなかった。

俺にとってキャンプは、四海道文香と行うキャンプは切り捨てたくない、と心の底から思う時間なんだ。

だから諦めない。諦めたくない。この人が素でいられる時間を失って欲しくない。

傲慢《ごうまん》で、面倒な俺だから今度はこの人の手を強引に摑める。

「先輩は俺にキャンプの楽しさを教えてくれた。俺は俺で楽しみます。だから先輩も俺には余計な気は使わなくていいです。お互いが、自由に、思いっきり楽しみましょう」

「っ」

「俺は先輩とキャンプしたいです。今度は、俺がエスコートしてみせます」

四海道先輩は唇を嚙み、目線を逸らす。自らの足下を見下ろし、俺と四海道先輩を分かつ玄関の敷居を見つめたままだ。

そして、小さいが、確かな言葉が俺の耳に届く。

「……私、結局君を期待させるだけさせて、体調崩して、君の期待を裏切ったんだよ？　誰かと一緒だから、気を使わせて、お互いが嫌になる。それが嫌で、一方的に君を突き放して……そんな勝手な私がまた楽しんでいいの？」

「構いませんよ。というか俺はそんな先輩とキャンプがしたいです。それぞれが自由に、お互い気を使わずに楽しむ。俺と先輩はそんなキャンプが好きなんですから」

ぱっと、顔を上げるその表情は泣きそうで、瞳《ひとみ》が潤んでいて、刹那だけ見えた顔はすごく、年相応の少女のように見えた。

だがそれも一瞬。今はもう、いつもの四海道先輩がそこにいた。先輩は照れくさそうに指を組み、再び俺を見る。

「生意気だね。うん。生意気だ……でも、少し時間が欲しいかな」

「それじゃ！」

四海道先輩はきょろきょろと視線を彷徨《さまよ》わせ、頷《うなず》いた。

「うん。連れて行ってくれるんでしょ？　だから準備してくる。ここで待たせるわけにもいかないから上がってよ。お父さんたちは仕事だし、今は誰もいないから気にしなくてもいいし」

俺は両拳を握り、玄関の敷居を跨《また》ぎかけて大事なことを思い出す。

「ただ、格好つかないですが一つだけ今回のキャンプでお願いがあるんです」

「お願い？」

「はい。今回のキャンプは泊まりで行こうと思っています」

「泊まり――え？　泊まり？　私と君の二人で？」

「なので、ベルちゃんで俺も乗せていってもらえれば助かるかな、と」

きょとんとした表情の四海道先輩は目をぱちくりさせて、「泊まり」と復唱する。何というかあれだ。その表情は宇宙猫みたいだと率直に思った。

そこで俺も気がついた。高校生二人が泊まりキャンプ。いや、倫理的にこの言い方はまずいだろ。誰かがOKと言っても俺は良くない。

慌てて後で草地さんが合流することを身振り手振りで伝えると、先輩が噴き出した。悔しいが意識しているのが俺だけみたいで、顔が熱い。

「もう。慌てすぎ。そう、だけど飛鳥《あすか》が……了解。でも、泊まり、か。そうすると二人分のギアだよね？　ベルちゃん頑張れる？」

ベルちゃんを見て四海道先輩が唸《うな》っているので俺は口を開く。

「いいや、俺のほうのギアとかは草地さんが届けると言ってくれたので、今持っていくのは先輩のギアだけですね。テントは俺と草地さんのテントにしようと思っていて……勝手に決めてしまってすいません」

「どうして謝るの？　私のほうこそごめんだよ、本当に」

テントについては先の中止になったキャンプでも三人で話していて、ソロキャンが多い四海道先輩と草地さんは、二人寝られるくらいのサイズのテントを所持していないことが分かっていた。

そこで、黒山家が持っている大きめのテントを、草地さんが車で運ぶと提案してくれたのだ。

「黒山君も、飛鳥も……ありがとう。本当に」

先輩は準備してくる、と告げて踵《きびす》を返す。

「ふふ、本当にリベンジだね」

家の中に入っていく四海道先輩の横顔は、どこかワクワクするような少年みたいな表情だ。

その表情を見るだけで、俺も嬉しくなってくる。

そう。これはリベンジ。俺と先輩がそれぞれ楽しむための泊まりキャンプだ。

玄関で待つと言った俺は、家の奥から聞こえる何かを引っ張り出す音、それと先輩自身が悩んでいる声を聞いて苦笑する。

そして、待つこと二十分。リュックサックを背負ってやってきた四海道先輩は高校の先輩から、一人のキャンパーへと変身を遂げていた。

「待たせてごめんなさい！　前に準備していたけど、実際に行くとなったら手間取っちゃって」

黒革のレザージャケットにジーンズ。バイクに乗るのに適したショートブーツ。学校ではサイドに束《たば》ねている髪を解き、大人びた印象が増している。若干顔が赤いのは急いで来たからだろう。

俺を初めてのキャンプに連れ出したときの格好で、どこか懐かしさを感じてしまう。

それと恐らくだが、俺と同じく冗談だと思いながらも、心の片隅ではこの日を気にしてくれていたのだろうと思うと少し、嬉しくなる。絶対に表に出すわけにはいかないが。

四海道先輩は鍵《かぎ》を掛け、煌《きら》めくボディのベルちゃんを撫《な》でる。

「ベルちゃん。急だけど、準備はOKだよね」

ヴォンッ！　唸るベルちゃんに先輩はスライドキャリアを装着し、荷物を取り付け、先に跨がる。ヘルメットを着ける間際《まぎわ》、四海道先輩は「そういえば」と俺を見る。

「ごめんなさい。なんか勢いでここまで準備進めちゃったけど、どこに連れて行ってくれるの？」

そういえば言ってなかった。今回の泊まりキャンプについて。

「小樽《おたる》です。今回のキャンプは小樽で行うつもりです」

俺は自信満々に告げる。

俺と先輩の終わったと思っていたキャンプライフ。

自他共に認める面倒くさい俺と、四海道先輩の背中を押してくれた人々のおかげで再び歩き出せる。

目的地は運河の街、小樽。俺と四海道先輩のリベンジ。泊まりキャンプが始まる。

## < 飛鳥　　幕間 6月11日(土)

やったわね?
あんまり時間がないけど、
こういうのは少し困る

おやおや?　どうしたの?

またそうやってはぐらかす
今、黒山君が家に来ている件
黒山君の背中押したでしょ

いやいや。私は何もしていないわよ?

ダウト

いや、本当だし。彼が色々考えて、
私に相談してきたんだよ?
文香が好きなことを守りたいって
あ。もしかしてドキドキしている?

していない
わらひは同様なんでしでない

めちゃくちゃしてるじゃん!?
誤変換やばしっ!
ま。彼は良い子だよ
不純な動機じゃなくて、純粋に楽しもうとしてる
キャンプを、ね
私も仕事終わりに行くから楽しんでいきなよ?
小樽でしょ?

うん、久しぶりに行くの

STAY AT TENT

小樽は色々あるからねぇ
お菓子屋さんに水族館
あ！　欠かせないのはビールだよね
地ビール！
ふふ、もう
ビールだけテンション高すぎ
当然じゃん
ビールは血液だよ？　社会人≒ビールだよ
ま、学生は駄目だけど
とりまテンション上げていかなきゃ。ね？
STAY AT TENT
Staying at tent with
senior in weekend,
so it's
difficult for me
to get sleep
soundly tonight.

# 第5話 一つテントの下で

「うわぁ！　海とか久しぶりに見たなぁ！」

信号待ちの最中、四海道《しかいどう》先輩の嬉《うれ》しそうな声が聞こえてきた。

俺《おれ》も先輩の視線の先を向くと、広大な海が視界に飛び込んでくる。

空を泳ぐように飛んでいるのはウミネコだろうか。俺自身も小樽《おたる》方面には家族キャンプでも来たことがないので、小さく息を漏《も》らした。

「先輩。このまま国道五号を真《ま》っ直《す》ぐに小樽駅まで行きましょう」

「了解。うん、潮風が染みるぅ！　小樽も久しぶりね。黒山《くろやま》君、ナビよろしく」

「安全運転第一でいきましょう」

アウトドアが大好きな四海道先輩はかなりテンションが高い。

……うん。ここまでは順調だ。俺自身も気分が高揚しているのを感じるし。

視界に入る道路標識が小樽までの距離を表している。

運河の街、小樽。

札幌から車で約一時間。ＪＲなどを使えば約四十分弱で着く、石狩《いしかり》湾を見渡せる立地と自然豊かな山々に囲まれた街だ。小樽の南西には天狗山《てんぐやま》と呼ばれる山があり、傾斜のついた山裾《やますそ》は市街地まで広がっている。今回予定しているキャンプ場近くには温泉施設もあるとのことだ。

頭の中で昨日の予習内容を思い出す。

観光街では日本最大級のオルゴール専門店、新鮮な魚介類やスイーツを味わえる店の数々が立ち並ぶメルヘン交差点。自由なペンギンショーを見られるおたる水族館。季節限定だが運河出発のクルーズが楽しめる青の洞窟体験と、市のホームページを見ると他にも色々あるらしい。

これを日帰りで全部回るには緻密なプレイングが必要だなと俺は思う。

「なるほど。坂の街と呼ばれるわけだ」

市街地に入り、俺は呟《つぶや》く。傾斜が上がっていくのだ。

徐々に上がっていく傾斜は自転車だと少し辛《つら》いかな、と思う感じなのだが地元の人たちが特に気にしている様子は見られない。

二人乗り。更にはキャンプ用品という武装をしているベルちゃんを心の中で応援し、小樽駅にたどり着く。駅前の駐車場に入り、四海道先輩はベルちゃんから降りる。

「着いたね。お疲れ様、ベルちゃん」

お疲れ様、ベルちゃん。俺も声に出さずにお礼を言う。いや、声に出してもいいが四海道先輩の前ではやはり気恥ずかしいし。

ヘルメットを外した俺も小樽の風景を見渡す。駅から真正面へと下り坂の大きな道路が延び、その先に海が見えた。

時刻は午前十一時。ほぼほぼ予想していた時間通りだ。

「実際のキャンプ場はここから三十分くらいなんで、少し観光と晩ご飯の食材を調達していきたいな、と。どうですか？」

「構わないわ……というか」

ぐいっと腕を引き寄せられ、至近距離に先輩の顔が近づく。

「エスコートしてくれるんでしょ？　ん？」

「……お手柔らかにお願いします」

「ふふ。冗談よ。一緒に楽しみましょう。時間はたっぷりあるんだし」

切れ長な目に悪戯《いたずら》心を浮かべ、上目遣《うわめづか》いする年上の美人な先輩。この人はっ、と思っていると近くを通り過ぎた小学生が「リア充爆発《ばくはつ》しろ」と言ってきたので、俺と四海道先輩はぱっと離れた。

「……少し私らしくなかったわね。反省」

「いや、俺も……」

何というか変な感じだ。というかこれはリア充なのか？　いやだって、俺たちはキャンプをしに来ただけだし。ただ、確かに四海道先輩に出会う前ならばこんなに外に出ることはなかったとも思う。

俺は自らに覚える違和感に戸惑いながらも、ひとまずはその感情を心の奥底にしまい込んだ。

「じゃあ、少し歩きましょうか」

「ええ、そうしましょう。なんだか今日はちょっと暑いし、ジャケットは置いていこうかな」

ジャケットを脱ぎ、ラフなTシャツ姿になった四海道先輩と並んで俺も歩き出す。

小樽駅から海へと下っていくと見えてくるのが石造りの建物。ノスタルジックといえばいいのだろうか、ネットでは下調べしていたが、実際に見るとかなりいい感じだ。

すれ違った人力車のお兄さんは笑顔を絶やさず、筋骨逞《たくま》しい肢体で傾斜など気にせず上っていく。観光客を豊富な知識量で楽しませ、突き進んでいく姿を見ていた俺は、隣を歩く四海道先輩の視線に気づいた。

「どうしたんですか?」

「ふふ。こうして小樽を誰《だれ》かと歩くと思わなくてね」

「あれ?　四海道先輩は小樽には来たことあるんですか?」

「昔、家族で来たことがあるのが一度くらいかしら?　ただそのときは車の中だったし、こうしてゆっくり歩くのは初めてね……あ!　あれが小樽運河ね」

小走りに駆けて行く四海道先輩はスマホで写真を撮っている。俺もそのスマホのレンズの先を眺めた。

「小樽運河、か」

確か大きな船を沖に泊める際、荷揚げ後の運搬作業の効率を上げるために海面を埋め、作られた運河だったはず。

現在では運河の半分を埋め立て、観光客が歩ける歩道にしていて、全長は千百四十メートルにも及ぶと市のホームページに書いてあった。

「運河を見ながら歩けるみたいですね。あ、階段だ」

階段や足下は少しゴツゴツした石で整備され、より運河を見ながら歩ける仕組みらしい。半歩先に階段を下りた俺は振り向いて、先輩に手を差し出す。すると何故《なぜ》か四海道先輩は目をぱちくりとして首を傾げる。

「え？」

「いや、階段があるから手を繋《つな》いだ方が安全──いや、忘れてください」

俺は急いで言葉を訂正する。勘違いしていた。

昔、澪《みお》が階段を踏み外して転んだことがあったのだ。だから澪と一緒に階段を歩く際、足を踏み外さないように手を握っていたのだ。

「……」

俺は馬鹿《ばか》か？　大馬鹿野郎か？　今一緒にいる人は四海道先輩なのに。あまりにも距離感が家族と過ごすそれに近くて勘違いしてしまうなんて。

手を引き戻そうとする俺。だがその手は引き戻せない。

四海道先輩は俺の手を握り、口を開く。その目はキラキラと輝いていた。

「手。繋いでくれるんでしょ？　ほら、行きましょう」

「……はい」

この人は本気で言っているのか。からかわれているのか？　だが俺の手を摑《つか》む力は割としっかりしていて、無理に振り払うわけにもいかない。

階段を四海道先輩と手を繋いで下りる。段差を下りきると先輩の手の力が抜け、俺は手を抜く。いや、緊張で手汗がやばい。気持ち悪いと思われたかもしれないな。

「すいませんでした。つい妹と勘違いして、失礼でした」

「謝る必要なんてないじゃない。優しいお兄さんなのね」

「本当にやめてください。羞恥心で死にそうです」

「いいじゃない。素敵だと思うわ。ただ、私は複雑な気持ちだったかしら」

俺が握っていた手を、グーパーグーパーして開いた四海道先輩の耳は真っ赤《か》だった。

「いつも気遣われるのが嫌で、一人だったのよ、私。でも、君が手を差し出してくれたとき、なんでかしら。すごく懐かしくて、嬉しくなってしまって。ふふ、私のほうが年上なのに君がすごく大きく見えて……ねぇ、一回お兄ちゃんと呼んでもいい？」

「先輩。俺を殺したいんですね？」

「あはは。大げさね、もう。冗談よ。さ、歩いて見ていきましょう」

運河を見て歩く四海道先輩は髪をかき上げ、進んで行く。その背中を俺はそれこそ複雑な気持ちで見つめ、先輩の後を追った。

運河クルーズや青の洞窟ツアーを行う観光船で賑わう観光客を見ながら、レンガ造りの倉庫を見て歩く。時折、スマホで建造物の歴史を調べては、俺と四海道先輩は二人で「おぉ」と声を上げて小樽観光を楽しんでいく。

そして、全長約九百メートルにもなる小樽堺町《おたるさかいまち》通り商店街に入る。石造りの建物や洋館などもあり、どこか異国を思わせるような雰囲気の中、二人で軽めの昼食を取った。

「っ！　この揚げかまぼこ……美味《おい》しい」

「ですね。かまぼこは挑戦したことなかったな。作れるかな？」

「作る？　黒山君？　正気なの？」

「先輩こそ正気ですか？　調理器具と製法が分かっていれば人間に不可能はないんです」

「人間に不可能は、ない？」

二人でかぶりついた揚げたてのひら天。想像以上に旨くて、自宅で作れるか考えていると四海道先輩は本気なの、という顔で見てきた。いや、そんな未知の生物を見るような目で見ないで。

小腹を満たした俺たちはオルゴール堂本館を鑑賞し、俺は先輩がトイレに抜けた際に、おみやげを買いに行く。

澪にはこの可愛《かわい》く装飾がされたプレゼントボックス風のオルゴールを……あと、その、四海道先輩の分として、ヴァイオリンを持った熊のオルゴールを購入した。

「めちゃくちゃ綺麗《きれい》だったね。感動しちゃった」

「……」

先輩との雑談の中、紙袋に入れたオルゴールを思い出す。

そもそも本当はこうやって移動も俺は乗っているだけだし、まともなお礼をしたことがなかったし、別に変な意味はないからいいだろう。他意はない、うん。

その後、南下してスーパーマーケットで食材を購入して、南小樽駅から小樽駅に戻った俺たちはベルちゃんで天狗山に向かう。

最初に予定を立てた通り、時刻は十三時ぐらい。これでキャンプ場にたどり着くまでの俺が立てたプランは完遂したことになる。

ここまで四海道先輩の表情を盗み見ていたが、楽しんでくれているとは思う。キャンプ場に着くまでのルート選定としてはほぼ満点のできだと自負していた。

だが順調すぎると思うときほど、予期せぬトラブルは発生する。

「すごいわね。街が一望できるなんて。ほら、あそこ。さっき歩いた場所じゃない？」

「そうですね」

「……黒山君の席だと上り方向の山側なんだから、こっちに来なきゃ街や海は見づらいんじゃないかしら？」

「見えます。大丈夫です。俺、視力いいんです」

「最近、木村《きむら》さんから黒山君が眼鏡《めがね》を購入しようか迷っていると聞いたけど？」

「気のせいです。木村先輩は最近物忘れが激しいので、別の誰かと勘違いしているんです」

木村先輩、ごめんなさい。今度喫茶店に来たらサービスします。

現在、俺と四海道先輩はロープウェイのゴンドラに揺られて、天狗山を登っていた。席としては山が近いほうに俺が座り、海が近いほうに四海道先輩が座っている。そのため、先輩の言うように海や街をより一望できるのはあちらの席のほうだろう。

俺を見つめる四海道先輩はジトッ、とした目線を送り続けてくる。

「……」

「……」

ロープウェイという乗り物の特性を俺は失念していた。一本の綱に揺られる空の孤島。ゆっくりと上っていくゴンドラは三十人乗りなのだが、運悪く俺と四海道先輩の二人きりとなってしまった。

別に先輩と二人きりというのは初めてじゃない。

図書室で次のキャンプ先を決めるとき、一緒にギアを見に行ったときもそうだ。

それに二人でキャンプしたときだって二人だったたじゃないか。

だから変に意識するほうがおかしいし、間違っている。そう。俺と四海道先輩はただの先輩と後輩だ。そこははき違えちゃいけない。

そんなことを考えていたときだ。先輩は何を思ったのか、俺の隣にやってきて、俺が座っている位置から景色を見ようとし始めたのだ。

「んしょ、と。海や街並みは見えるには見えるけど、やっぱり見づらくないかしら？」

「――――」

「でも、こっちの席は山の景色がすごく見やすいのね。秋に紅葉を見に来るとかいいかも」

ぴたっと触れあう肩はやけに熱くて、優しい甘い匂《にお》いがして。俺の隣に座る四海道先輩は上半身を仰《の》け反《ぞ》らせて、窓を見て呟く。

ベルちゃんに乗っているときだって俺は四海道先輩に仕方ないとはいえ、触れてきた。だけど違うのだ。こう、狭い空間だと違うじゃないか。

少し切れ長な意志が強い目。冷めた表情がデフォなのに、時折見せる笑顔。自分の世界を持っているからこそ、譲れない部分がある頑固さ。

自室でまったりとしているときに、ふと隣を見ればそこに座っていても違和感がない。そんな空気感。なのに、俺は今、こういう状況を意識しているのだ。

……駄目だ。俺自身のキャパを超えている。

心臓が高鳴り、ごくりと唾を呑《の》み込む。澪が今の俺の顔を見たら絶対馬鹿にする。だって仕

方ないじゃないか。こういうシチュエーションに耐性がないのだから。

「へぇ。あっち側まで道路が続いているのね。そういえば余市《よいち》方面はあんまり開拓したことがなかったわね。あっちはきのこ王国があるのよね……開拓を進めるのもあり、ね」

「……この人は、本当に」

ぶつぶつと呟く、真剣なまなざしは次のキャンプを見据えているのだろう。

だが俺とは違い、四海道先輩は平然としており、そのいつも通りの表情が俺を落ち着かせてくれる。

大丈夫。俺はいつも通りだ。そう思うと変に意識していたのが馬鹿らしくなってくる。

「……？　どうしたの？」

「え？　いや、先輩って面白《おもしろ》いなって」

「私が、面白い？」

俺が笑うと先輩は怪訝《けげん》な顔で俺を見て、自らが面白いことを言ったのかなと考え出す。その仕草や、表情から心情が分かるくらいには俺は四海道文香《ふみか》を知ったのだろう。それが何故か少し、嬉しかった。

ロープウェイのゴールにたどり着き、降り場を出るまで四海道先輩は腕を組んで考えていたが、結局分からなかったらしい。「どういうこと？　教えて？」と言ってきたが、俺が教えるわけがない。

と、少しばかり俺は優位に立っていようと思っていたのだが、下山時のロープウェイで、幸か不幸か、また俺たち以外に乗客はおらず、問答無用で真横に座って来た四海道先輩に問い詰められ、悶々《もんもん》とするのだった。

◆

小樽市内、天狗山の観光とキャンプという俺の計画は前半戦を終えて、後半戦。本日のリベンジキャンプの目的地へと向かう。

小樽駅まで来た国道五号を通って札幌方面に戻り、途中で道道一号線に入り、南下していくと温泉施設が建ち並ぶ風景が視界に入ってくる。

右手には緑豊かな山々が見え、定山渓《じょうざんけい》に行ったときに比べ、もう冬木は見当たらない。ポカポカというよりかは、じんわりと初夏の暑さを感じるぐらいだ。

こういう日差しを浴びるとやっぱり家で活動するメリットは大きいな、と思ってしまう。

キャンプ場の看板が見え、小道に入った俺たちは受付エリアに向かっていく。俺たち以外にもキャンプに来た人で受付が混み合っている感じだ。

「到着ね。時間は……十五時か。いつもなら急いで夕食を作っている時間だけど、なんか感覚がおかしくなっちゃうね」

「確かに。定山渓のときはそうでした……じゃあ、俺、先に受付済ませてきますね」

「ごめんね、任せちゃって」

「ずっと運転させてきたんです、このぐらいやります」

「別にいいのに……じゃあ、私は端っこのほうで涼んでいるね」

木陰を指さした四海道先輩に頷《うなず》き、俺はベルちゃんから降りた。バイクで風を切っているときはそれほどだったが、少し暑くて袖《そで》を捲《まく》ると微《かす》かに気分が和らぐ。

受付の列に並ぶとふと視線を感じて顔を上げる。

前に並んでいたのは幼げな顔立ちの小柄な少女だった。

マウンテンパーカーと短パンにレギンス、あとはキャップと背中には大きなリュックサック。リュックサックの隙間《すきま》から見えたのは、俺も動画で使いやすそうと思っていた最新の小型バーナーだ。

……あれ、軽そうだし、買おうか迷ったんだよな。自宅ではシステムキッチンがあるから不要だけど、やっぱり屋外で調理するならいるよなぁ。

「……」

しまった。見過ぎていたか、と俺が視線を逸らそうとすると少女のほうから話しかけてくる。

「あんた、あんまりキャンプ経験ないでしょ」

「え？　いきなりすぎませんか？」

あまりにも突拍子のない言葉が出てきて、俺も素で応《こた》えてしまう。すると少女は眉《まゆ》を寄せて、俺を指さした。見るとそこにはむき出しの二の腕があった。

困惑する俺に少女は溜《た》め息を吐《つ》いて、リュックサックを下ろすと中身を物色して、小さなスプレーを取り出す。キャップを外すと有無を言わさず俺の腕に振りかけてきた。

プシュ！　プシュ！

「うぉっ！　何を突然！」

「虫除《よ》けよ。ったく、これだから素人は。あんた、私と同じ高校生よね？」

キッ、と俺を睨《にら》む視線は鋭い。というかこの人、高校生なのか？

「まだ六月だからいいけど、夏のキャンプは暑さと虫対策が必須。だって自然と戯《たわむ》れるんだからね。せっかく楽しんでいるのに、虫に刺されて痒《かゆ》くて眠れないとか。熱中症で倒れて他のキャンパーに迷惑かけてお互い嫌な思いをするのも論外」

「確かに、そうですよね？」

「当たり前じゃない。自らのキャンプライフは自らで守り、同じ空間で楽しむ人たちのキャンプライフも守る。それは守るべきマナーよ」

ズビッ、と俺を指さす。その表情はどこかしたり顔だ。

「あんた、キャンプ舐《な》めすぎ。精進しなさい」

「っ⁉」

反論の余地のない正論を突きつけられ、俺は顔を顰《しか》めることしかできない。確かに俺の考えは足りなかったと言わざるをえないだろう。

俺の顔を見て、得意げな表情を浮かべた少女は続けて何かを言おうとしたが、係の人の声に口を閉ざした。

「お次にお待ちの方、こちらへどうぞぉ」

「あ。は――い。今、行きます。じゃあね、あんたも楽しみなさい」

係の人に呼ばれて、愛想良く離れていく小柄な少女。俺は声に出さずに先輩とは違うベテランキャンパーの背中を見送る。ここで騒ぐのは礼儀違反だし、何よりあの人もソロキャンだ。

俺は二の腕を見る。小学生時代によく嗅いだ柑橘《かんきつ》系の懐かしい匂い。日頃外に出ることが少ないから、虫除けの要素は完全に失念していた。

「虫除けとか熱中症か。完全に考えてなかったなぁ、俺」

心の中でちっぽけな自信が折れた音が響く。だが逆に少し心地よい気がした。分かった気がしても、全然まだまだで――挑戦しがいがあるジャンルだ。

「求めているものは違うけど、皆楽しみに来ているんだ。そうだよな」

「お次にお待ちの方、どうぞぉ」

係の人に呼ばれて俺も受付に入る。レンタル用のキャンプ道具や、薪《まき》。あと近くで流れている朝里川《あさりがわ》での釣り情報などが記載されたポップや、小樽周辺で有名なワイン情報が載った小冊子。今回は行く時間はなかったが、地元のアイス屋さんのアイスも販売されている。

　温かみを感じる風景を見回していると、ニコニコと笑顔を浮かべる受付の女性スタッフと目が合う。

「す、すいません」

「いえいえ。本日はご利用ありがとうございます。ご予約でしょうか？」

「はい。えっと黒山で予約していて、三名で、一人は少し遅れてきます」

「黒山様ですね……確かに。予約されていますね。後から来られる方がお車で、という感じでしょうか？」

「はい」

「畏《かしこ》まりました。一応、チェックインが十七時までなのでご注意お願いいたします。ではオートキャンプ＋テントサイトプランで確定いたしますね。では、当施設のご説明をしてもよろしいですか？」

「あ、お願いします」

　事前に確認していたキャンプ場の情報を再確認していき、俺は受付を済ませていく。料金を支払って、一通りの手続きが終わると受付の女性が笑みを浮かべた。

「以上が当施設の注意事項となります。ちなみに当施設のご利用は初めてですよね？」

「え？　分かるんですか？」

「分かりますよ。私、お客様の顔を覚えるのが得意なので。もし初めてでしたらテント設営後に少し散歩して、温泉に入るのも気持ちいいのでおすすめですよ」

「温泉……」

「はい。ホカホカの体でキャンプ飯を食べながらのビールは本当に染みます、って未成年の方に少し喋《しゃべ》りすぎでしたね」

「いえ、そういう情報は助かります」

受付の女性スタッフは恥ずかしそうに笑うが、正直温泉自体は考えていなかったので楽しそうだ。というか、温泉に一人で入るのも初めてだし。テントの設営が終わったら、温泉に出向くのもありかもしれない。いや、それとも無闇《むやみ》に計画を変えるのは良くないか？

そんなことを考えていると女性スタッフがニコニコしていることに気づく、俺は慌てて取り繕うがもう遅い。

「ふふ。では良いキャンプライフをお過ごしください」

消え入りそうな声で俺は頷いて、四海道先輩の元に戻っていく。ベルちゃんに腰掛けながら、スマホを見ている先輩の姿が視界に入る。

すらりと伸びた足に色白な人目を引く顔立ち。上半身はレザージャケットで体型が分かりにくいが、Tシャツ姿のときはすれ違う観光客がほぼほぼ振り返っていた。

俺にとって四海道先輩は自由で、頑固で、クールで、優しくて面倒くさい人だ。だが改めて綺麗な人だな、と感じてしまう。

顔を上げた先輩は俺を見つけ、手を振る。

「おかえりなさい。やっぱり混んでいた？」

「それなりにですね。ちょうどシーズン中らしくて」

「六月からは夏キャンプ本番だから。人気のキャンプ場の予約とかだと、下手したら一ヶ月待ちとかざらにあるし」

「そんなにですか？」

「ええ。私はどちらかというと夏よりも秋とか、冬キャンプが好きだけど……あれ？」

首を傾げた四海道先輩がずいっと近づき、俺は仰け反るが伸びてきた腕からは逃げられない。

細い五指が俺の二の腕を摑み、先輩は鼻を動かす。

顔を離した四海道先輩は少し悔しそうに唇を噛《か》んだ。

「むむ。やるわね。虫除けスプレー使ったんだ？」

「使ったというよりかは使われた、という感じです」

「使われた？」

経緯を説明すると納得がいったのか四海道先輩はキャンプ場を見渡す。そして、ちらりと視線を俺に送って口元に微笑を浮かべた。

「あれだね、黒山君はキャンパーに絡《から》まれやすい体質なのかもね」

「なんか嬉しくない体質ですね」

「え？　嬉しくないの？」

「嬉しい人とかいるんですか？」

「う〜〜〜ん。確かにそうね。ソロキャンしているときに絡まれたらちょっと、かもね。でも、私は君に絡んで良かったと思ってるけど。そうじゃなきゃ知り合えなかったわけだし。君はどう？」

……。

「──設営に遅れますし、いきましょうか」

「あ。逃げた。そういうのは良くないと思うわよ？」

逃げるだろ。貴方《あなた》のメンタルがおかしいんですよ、と言ってやりたいがそこまで俺は強くない。うるさい心臓の音を誤魔化《ごまか》すように突き進む。

確かに四海道先輩から絡んでこなければ、こうしてインドアな俺がキャンプをするなどなかっただろう。そこは確かに絡んでくれて良かった、とは思うけど言えるわけがないだろ。

真横でギアを持つ先輩は、俺の反応を横目でうかがいながら呟く。

「しかし、受付の人が言っていた温泉は気になるわね。キャンプ飯前に行くのもありね、うん」

俺も面倒くさいと色々お世話になっている人たちに言われているが、この人もそれなりだな、と。

そして、その面倒くささが俺にはすごく心地いいなどと言えるはずがない。

◆

四海道先輩と歩いて数分、俺たちは目的のテントサイトにたどり着く。もうテントを設営している人もいて、敷地内の中央には炊事場《すいじば》やトイレもある感じだ。

国道近くという立地ながら、振り返れば緑豊かな山々が見えて、木漏れ日《こもび》がすごく優しく感じる。鳥の囀《さえず》る声が聞こえ、近くに流れる朝里川の音が心地よく、気持ちを冷やしてくれる。日常と切り離された気持ちのいい空間がそこにあった。

「飛鳥《あすか》が来る前にたき火の用意しちゃいましょうか」

俺たちはまず、たき火の準備をし始める。レンタルしたたき火台に薪を並べ終えた四海道先輩がキャンプ場を見渡した。

「いいところね。少し歩けば道路があるのに、日常から切り離されたように静かで。川の音も聞こえるのね」

「はい。少し歩けば朝里川と呼ばれる川があって、そこで釣りもできるみたいです」

「釣り……釣りは私も未体験なのよね」

うずうずし始める先輩を見て、俺が笑っていると四海道先輩は微かに頰《ほお》を膨らませた。

「笑ったわね？　そんな黒山君には座らせてあげないわ」

「え？」

「羨《うらや》ましがりなさい！　じゃじゃん！　これが私の愛用ギアのぐっすり君よ」

先輩が自らの声による効果音と共にリュックサックから取り出したのは、少し丸みを帯びたチェアだ。ベルちゃんに載せていた荷物で分かっていたのでそこまで驚かないが、なるほど確かにこれはぐっすりできそうだ。

俺が興味深げに見ていたからだろうか、四海道先輩は気分を良くしたのかチェアを俺に勧めてきた。

「座ってみて。初めてのアルバイト代で購入したギアなんだけど、すごいから」

「いいんですか？　では――おぉ」

なんだこれは。背中にフィットして、姿勢に無理がかからない。体を完全に預け、空を見上げる。流れる雲と青空が見渡せ、耳元で心地よい風音が聞こえる。

これは人を駄目にするギアだ。人を駄目にするクッションがインドア最強の堕落道具ならば、これはアウトドア最強の堕落道具かもしれない。

「その顔は駄目になったかしら？」

「やばいですね。いつまでもぼうっとしていたいかもしれません」

「わかるわかる。で、今回は君の分も持ってきたの」

「俺の分？」

「うん。元々は中止にさせちゃったキャンプで持ってこようと思っててね。たき火しながらゆっくりしようと思ってたから。あ！　お金とか無粋なこと言わないでね」

四海道先輩も色々とキャンプを楽しもうと思ってくれていた。その事実で俺は嬉しくなって、口が緩みそうになる。チェアに座って、無防備に顔を緩める先輩を見て、俺は口を開く。

「すいま……いや、ありがとうございます」

「ふふ。どういたしまして」

優しく微笑んだ四海道先輩は気持ち良さげに腕を頭上に広げた。

「んん！　だけどこんなにゆっくりできるんだね。いつもならそろそろテントの片付けするころだし。ゆっくり過ごせるって新鮮ね」

「まだ十五時三十分ぐらいですしね……あ！」

「どうしたの？」

「もしよかったら珈琲《コーヒー》いれましょうか？」

「珈琲？」

俺のほうのギアは草地《くさじ》さんが運んできてくれるが、最低限のコップなどは俺もリュックサックに入れてきている。その中に珈琲粉《こ》があったはずだ。

「はい。先輩のガスバーナーとかお借りするかもですが」

「飲む」

「即答なんですね」

「当たり前じゃない。現役《げんえき》喫茶店店員の、黒山君の珈琲なら飲みたいじゃない？」

嬉しそうに鼻歌を歌いながらリュックサックからケトルとスタンド、ガスバーナーを出す四海道先輩。俺は苦笑しながらケトルを受け取り、水を入れてガスバーナーで沸かす。

俺はドリッパーの上に、ドリップペーパーをセットして珈琲粉を載せる。本当は珈琲サーバーとかがあればいいのだが、今回はマグカップに直接入れる方法でいく。ケトルからお湯を注ぎ、マグカップに珈琲を落としていく。

「……」

「先輩、流石にずっと見られると気になります」

「え？　あ、ごめんなさい。興味深くて、あはは」

気恥ずかしそうに笑う先輩に俺は珈琲の入ったマグカップを渡した。湯気が立つ珈琲を見て、四海道先輩はマグカップに口をつける。

こくりと動く小さな喉《のど》。ほぅ、と息を吐いた四海道先輩は俺を見つめる。

「――ん。美味しい」

「ありがとうございます。お世辞でも嬉しいです」

「お世辞じゃないわ。ただ、そうね。きっと黒山君がいれてくれたから美味しいんでしょうね」

「……」

上機嫌な四海道先輩を見て、俺は顔を逸らす。今日は日差しが強い。だからこんなにも顔が熱いのだろう。うん。俺もマグカップに口をつける。

先輩とぽつらぽつらと談笑していると腰に入れていたスマホが震え、画面を見ると草地さんからの着信だった。

俺はテントサイトの番号を伝え、数分後には草地さんが乗る車が見えてきた。

「ぎりぎりセーフ、かな？」

ぴしっと着こなす草地さんは何というか、やはり格好いい。

俺たちが座るチェアと珈琲を見て、草地さんはうんうんと頷く。

「いいじゃんいいじゃん。キャンプライフ満喫中だね」

「すいません。荷物を運ばせてしまって」

「いいって、いいって。で、これが噂の文香のギアだね」

「ええ。座り心地は最高よ。それと、今日はその」

「そういうのはいいから。ね？　では座り心地を確かめましょうかね。おぉ。おぉぉぉぉ。あ

――お酒欲しくなるわ、これ」

チェアに座った草地さんは真顔で言う。大人ってやっぱり大変なのだろうか。

「いいでしょ？　自慢のギアよ」

「これは私も買おうかな。座りながら空見えるし。よし！　じゃあ、サクッとテント設営しちゃおうか！　こっちが少年のだね」

「ありがとうございます！」

「ふふ。元気がいいねぇ。あっと一応会社に電話しておくかな、直帰直帰っと」

草地さんは車から俺のギアを取り出し、手渡してくれる。お礼を言って、俺は持ってきたギアを確かめ、四海道先輩もギアを確かめ始める。

「ん！　壮観ね。ここまでギアが揃《そろ》うとワクワクしてくるわね」

「ですね」

ずらりと並んだギアを見ていると確かに高揚感を感じる。

今回、俺が持ってきたギアは父さんのテント、ペグ、シュラフにマット。それと調理に使用する器具だった。テントは四海道先輩と草地さん用に大きめのテントを選択している。

この量のギアをベルちゃんに載せてもらうとしたら、載せられないこともないかもだが、本当に草地さんに頼んで良かったと実感する。

四海道先輩は俺が持ってきたギアを確認し、自らのリュックサックを開く。シュラフ、調理器具、ランタン、着替えという感じで、最初の定山渓キャンプとは少し内容が違う。

「泊まりだと色々持っていきたいギアがあって悩んじゃうよね。それにバイクだと積載量に限界もあるし」

「すいません。ただでさえ、俺が乗って圧迫しているのに」

「違う違う。単純に私が優柔不断なだけよ」

慌てて否定する先輩。でも実際に俺自身がタンデムしているせいで、四海道先輩の持ってくるギアには制限が生まれているのは感じている。

……免許ってどのぐらい費用かかるのかな？

ぼんやりとそんなことを考え、すぐにそれが先輩とのキャンプをこれからもする前提の考えだと気づき、俺は悶々としてしまう。

恥ずかしい。こんな考えはソロキャン好きな先輩の迷惑になるだろう。

「だけど、あれね。もしツーリングみたいな形でキャンプに来れたら、それはそれで楽しそうね。黒山君がソロキャンプに挑戦する姿を想像するのも面白いし」

「めちゃくちゃあたふたしてそうですけどね」

俺がソロキャンか。あれだな、想像しただけで難易度がゲームクリア後に登場する、エクストラ難易度に変わったぞ。まぁ、楽しそうだけど。

「楽しそうな顔しているわね？」

「実際楽しいですから。先輩は楽しくないですか？」

「っ」

先ほどの仕返しだと気づいたのか四海道先輩はジトッと俺を見据え、肘で訴えてくる。

「冗談ですよ。じゃあ、設営していきましょうか」

「誤魔化された感はあるけど、それもそうね。まずは……手際がいいわね。ドームテントよね、これ」

先輩が俺の隣にしゃがみ、興味深げにインナーテントを見ている。

「ええ。俺の父さんの私物なんです。流石にテントを自前で用意するのは厳しかったので。組み立て自体は自宅で、澪相手に練習しましたから見ててください」

俺はポールを組み立て、頭の中で工程をなぞっていく。インナーテントを広げて、ポールを差して、うん順調だ。

このリベンジキャンプが決まってからというもの、澪に協力してもらって練習を繰り返したことを思い出す。こういうのは頭で理解し、体で覚える。そうすれば格段と手際が良くなるものだ。

ふと俺は視線を感じて振り向く。何故か四海道先輩は恥ずかしそうに視線を彷徨わせて、言葉を濁した。

「どうしました？」

「え？　え、いや。その、なんか暫く会わないうちに成長した親戚の子供を見ているようで」

「親戚の子供。これは褒められているんですかね？　四海道お姉さん」

「ぐっ⁉　私の姉属性が疼《うず》くわね。ついついお小遣《こづか》いあげちゃうのよね」

「ああ、その気持ち分かるかもですね。まぁ、俺はまだもらう機会が多いですけど」

「ね、年齢の壁を感じるわ」

　順調に進んでいる設営で、俺の気持ちも緩んでしまったのか軽口になってしまう。胸を押さえ、苦しげに悶《もだ》える四海道先輩もノリがよく応えてくれる。

「でも、この様子だともう黒山君に教えることはないわね」

「そうですか？」

　ポールを通し終わり、フロントポールを設置する。

「そうよ。だってこうやってキャンプ場を選定して、ルートを選んで、テントも設営できるし」

「……」

「立派なキャンパーじゃない。師匠として鼻が高いわ」

「俺がキャンパー……柄じゃないですね。キャンプは確かに楽しいです。でも俺はインドアを愛しています。だからキャンプに浮気《うわき》はできません」

「一途ね。ペグは一緒にやっていきましょう。私は反対側に行くわ」

「ありがとうございます。それに愛は一途であるべきですよ。浮気できるほど俺は器用じゃないですし。キャンプとインドアのどちらかを選ぶなら俺は、インドアを選びます」

テントを立て、ペグを四海道先輩と打ち込んでいく。

「なるほど。じゃあ黒山君と結婚した人は幸せ者ね。浮気される心配はないわけだ」

ガン！　危ねぇ。あと数センチずれていたら指を打っていたぞ。

テントの反対側にいる先輩に俺は抗議の声を出す。

「結婚って俺たちは学生ですよ。まだ想像できません。それに俺は結婚できませんよ」

「どうして？　一途な人は魅力的だと思うけど？」

「……自分でも面倒くさい性格しているなって、思うから」

「あはは。なるほど？」

「そこは年長者として否定すべきでは？」

「私は君の前では正直な先輩でいたいのよ」

ひょこっ、と顔を出した四海道先輩の顔はいつも通りクールだが、その目はどこか楽しげだ。

「まぁ、大丈夫よ。私も全然誰かと結婚とか想像できないし、一緒にいて気を使わせるぐらいなら一人を謳歌《おうか》したいし」

「面倒くさいし？」

「そうそう――言うわね」

「俺も先輩の前では正直な後輩でいたいですから」

絡み合う視線。だがついには互いに噴き出してしまう。陽光が差し込む中、他のキャンパーの声も聞こえるのに、何故かそのときはそんなに気にならない。

「本当に君は生意気ね。ただ、そうやって接してくれるのは助かる」

顔を隠した四海道先輩の言葉に俺は無言で頷く。確かに、こんな風に本音で接して、気軽に言いたいことを言い合える距離感は好ましい、と思う。

俺と先輩は全てのペグを打ち終わり、テントを設営し終えた。立派に立つテントを見て、四海道先輩が感嘆の声を漏らす。

「立派ね。このサイズのテントは私も初めて設営したからすごく新鮮」

「ごめんごめん。なんか上司がごねだして……おお！　デカくていいね。しかもこれ、前室も作れる、丈夫って評判のテントだよね？」

そこに草地さんが戻ってきて、楽しげに口笛を吹いた。

「はい。父さんから拝借してきました」

「いいなぁ。ソロキャンでもこのサイズで寝転がって、過ごすのもありだねぇ。今度のボーナスで買っちゃおうかなって、私待ちだったね。じゃあ、私もぱぱっと設営しちゃおうか」

草地さんはトランクを開け、ギアを取り出していく。鼻歌を歌いながら設営していく様子は一つ一つの作業に自信が満ちあふれ、見惚《みほ》れてしまうぐらいに淀《よど》みない。

「よし。設営完了っと。テーブルもここに置いておくけどいい？」

パンパン、と手を鳴らした草地さんが組み上げたテントは山岳にも適したタイプで、ソロキャン動画でも良く見かけていたタイプだ。

「はい。大丈夫です。じゃあ、夜は俺が草地さんのテントで、四海道先輩と草地さんが俺のテントで寝る形で」

「うん。打ち合わせ通りにね。あ、それとも一緒に寝る？」

「寝ません」

「じゃあ、文香と寝る？」

「寝ません。絶対に」

「はは。即答」

「……飛鳥」

「もう。そんな怖い顔しないの。冗談よ、流石に」

ジト目の四海道先輩に見られても草地さんはびくともしない。流石だ。

「じゃあ、これからどうする？　ご飯作っちゃう？　それなら期待しているよ、諸君？」

俺は苦笑いを浮かべてこの後の予定を尋ねてみる。予定ではキャンプ飯をこのまま作ろうかと思ったが、温泉というワードが少し気になっていたからだ。

すると草地さんと四海道先輩がほぼ一緒に口を開く。

「「行きましょう」」

「じゃ、じゃあ。戻ってきたらご飯を作りましょうか」

ノリノリな草地さんと、表情は変わらないがテンションが高い四海道先輩の姿を見て、俺も気分が上がっていく。

貴重品を草地さんの車にしまって、朝里川温泉に向かう俺たち。温泉という非日常に俺自身も少し舞い上がっていた。

道中、先輩と草地さんは温泉の話題で盛り上がっていた。俺は相づちを打ちながら会話に参加していく。美容系の話題はほぼ知識がないので全然分からないが、初めての一人温泉に心は少し弾んでいた。

日帰り入浴できるホテルにたどり着いた俺たちは男風呂と女風呂に別れていく。脱衣所で衣服を脱ぎ、入る前に体を洗ってから温泉に浸かる。

「……」

ただの風呂と侮るなかれ。浸かっていると体から疲れが染みだして行くのを感じるのだ。確かここの温泉の泉質はカルシウム、ナトリウム、塩化物硫酸塩泉だったか。

俺の隣で温泉に浸かっている年配の男性も静かに息をして、今にも眠りそうな表情をしている。おそらく、俺もそんな顔をしているはずだ。

温泉は熱や浮力による物理的作用と、温泉成分による化学的作用によって色々と体や心を癒やすらしい。だが難しいことなど考えずに単純に浸かっているだけで、疲れが取れる感覚はめちゃくちゃいい。

ぐだぐだ言わずに温泉、良き。それにつきる。

「先輩たちも疲れが取れればいいけど」

そんなことを考えながら俺はサウナと水風呂を繰り返し、いわゆる整う感覚を味わい、最後に温泉で体を温めて脱衣所に戻った。

待合室にはまだ四海道先輩と草地さんの姿がなく、俺はスマホを弄《いじ》りながら待つことにした。

……あ。このソシャゲ。新ステージ開放されたんだ。

ここ最近、キャンプのことばかり考えていたせいか、インドア方面の情報収集がすごく新鮮で、俺はスマホでネットサーフィンを楽しんでいた。

そのときだ。首筋に冷たい何かが触れたのだ。

「うぉっ⁉　な、何が？」

振り向くとそこにはフルーツ牛乳の瓶《びん》を片手に持つ四海道先輩がいた。少し濡《ぬ》れた髪と温泉上がりで火照った顔。ショートパンツと黒タイツに衣装替えしていたのだ。そうか、泊まりだから着替えを持ってきていたのか。

年相応の幼さと言い得ぬ色香に俺は頭の中が真っ白になる。

「驚きすぎよ、黒山君」

「驚くに決まっているじゃないですか。先輩だってやられたら絶対悲鳴上げますよ」

「はは。そうね。上げちゃうかも、悲鳴」

あっけらかんと言われると俺は何も言い返せないじゃないか。

「はい。美味しいわよ。あ、それとも珈琲牛乳派だった？」

「いえ、フルーツ牛乳で大丈夫です。ありがとうございます」

「どういたしまして」

瓶を取り、二人で飲む。胃に落ちる冷たさに脳天が痺《しび》れる感じがして、ぎゅっと目をつぶる。

目を開けると四海道先輩も同じような表情を浮かべていて、俺は笑ってしまった。

するとどうやら草地さんも出てきたらしく、小走りで近づいてくる。

「おお！　分かってるわね、二人とも」

「飛鳥も飲む？　はい」

「買ってくれてサンキュ！　じゃあ、ゴチになります――くぅううぅ！　染みるわねぇ」

気持ちのいい飲みっぷりに俺と先輩は再び笑うのだった。

◆

色々、分かったことがある。俺は温泉が好きかもしれない。

あの体の芯《しん》から温まる感覚は家の風呂では味わえないもので、サウナと水風呂を繰り返して感じるあの整う感覚は個人的に最高だった。なんというか体がポカポカするのだ。

そして、もう一つ。それは前を歩く二人が原因だった。

「いやぁ、気持ちよかったね。仕事帰りに温泉とか贅沢《ぜいたく》すぎでしょ」

「大げさよ。でも、気持ちよかったのは事実ね」

湯上がりの、すっぴん姿の美女二人。

元々、四海道先輩も草地さんも化粧はしていたが、本当に必要なのかというレベルで顔が整っている。そんな二人と一緒にいる俺への視線が集まるわけだ。

だからこそ半歩遅れて歩いているのだが、四海道先輩は俺が体調を悪くしたのかと歩幅を合わせてくる。草地さんは俺が悶々としていることを見抜き、面白がって腕を組もうとしてくるのだ。

なんというか胃が痛い。そして、こんなに異性と近づいたのは澪以外いないので、心臓によくない。

周りからの嫉妬《しっと》の視線に胃を痛くしながら、キャンプサイトに戻った俺たちは晩ご飯の準備を始めた。空はもう暗くなってきて、夜風が少し肌寒い。

草地さんは組み立て式のテーブルを広げ、たき火台を置く。調理用のたき火の準備をやるといってくれたのだ。

「じゃあ、私はちゃちゃっと火を付けちゃうね。働かざるもの食うべからずだしね」

「ありがとうございます。それが終わったらゆっくりしていてください」

「そんな優しい言葉をかけたら駄目よ。私、セーブできなくなっちゃうから」

「飛鳥は最初からセーブする気ないでしょ」

軽口を言いながらも流石と言うべきか。草地さんの薪や炭の置き方、火の付け方に淀みはなく、軽々とたき火を完成させていく。

パチパチと燃える炎を確認した草地さんは一升瓶《いっしょうびん》を取り出し、テーブルで晩酌をし始める。

「今日の勤労に乾杯」

ただ、今回は草地さんに随行役と荷物の運搬を依頼しているのだから、俺としても草地さんが楽しんでいるようならばそれでいい。

「っううううう！　染みるわぁ！　うん。あとで熱燗《あつかん》も作っちゃおうかな。で、少年少女諸君。何を作ってくれるのかね？」

「俺はわんぱくチーズフォンデュです」

「チーズ、フォンデュですって⁉　しかもわんぱくって、料理できる系男子だとは聞いていたけど、ここまでとは。結婚してください。お願いします」

「まだ結婚は考えられません」

「くそう。また振られたぁ」

「あなたたち、いつそんなに仲良くなったの？」

草地さんとはあれ以来ＬＩＮＥをする仲で、こういった軽口はまぁまぁ叩《たた》くようになった。草地さんの最近の悩みは周囲に四十歳ぐらいの年の離れた男性や、奥さんがいる男性しかいないとのことで、彼氏ができないとこの前も絡まれた。

美人で。貯金もあって。人格者。ただ、一人が好きで。お酒が大好きな草地飛鳥さんは恋人募集中。

……良い人なんだけど、どこか完璧《かんぺき》すぎる傾向があるんだよな。

そう、草地さんと上手《うま》く付き合えるとしたら頭が切れて、包容力があって、キャンプに付き合える体力がある人がいいと思うのだが、誰かいないだろうか。

「……」

すると俺は先輩が小さく手を上げたことに気づいた。そう、今回のキャンプでは四海道先輩もキャンプ飯に挑戦することを俺は忘れていない。

「先輩は何を作るんですか？」

「……私は、その、お肉のパスタを作ろうと思うの」

「パスタ。いいですね。いいと思います！」

俺は力強く頷く。

小樽でさりげなく材料を見ていたが、予想は当たった。

一回目のキャンプが中止になる前、四海道先輩にアドバイスしていたときに実は麺系をおすすめしていたのだ。

下準備をして、凝った料理を作るのもいいが、あんまり料理が得意じゃないならばまずは自信をつけてもらいたかったのだ。それに何より楽しんでほしい。

俺の言葉に四海道先輩は少し表情を和らげるが、一升瓶を両手で抱えている草地さんはなぜか困り顔で唸《うな》り始める。

「むむむ。日本酒もいいけど、そうかぁ。パスタ。チーズ。ワインは昨日死ぬほど飲んだし、ビールのほうが良かったかなぁ」

うん。調理を開始しよう。この人は放っておいても大丈夫だろう。

薄暗くなっていく空の下。他のテントサイトでも柔らかくも、眩《まぶ》しいたき火の輝きが目につく。

俺はリュックサックからランタンを取り出した。アンティーク調で、お値段はあんまり可愛くなかったが、四海道先輩とギアを見に行ったときに一目惚《ぼ》れしてしまった品。

「そのランタン。買ったのね」

「どうしても気になってしまって。本当は他にも買いたいギアがあるんですけどね」

実際にキャンプをしてみると分かるが、キャンプをするのにこれは揃えたほうが便利だというギアは確かにある。

あとはどこまでこだわり、何を楽しむかなのだろう。

つまり自己満足の世界だ。実際にこのランタンを買わなければ別のギアを買えたわけだけど、ただ不思議と後悔はしていない。

そんなことを考えていると四海道先輩は食材を取り出しながら、何気なく口を開いた。

「私は素敵だと思うわよ、そのランタン。いい買い物だと思う」

「そうですか？　そう言ってもらえると嬉しいです」

「私もよくやっちゃうしね。そういうの。だけど、不思議と後悔はないのよね」

目を伏せる四海道先輩の横顔をチラリと見て、俺は手元に視線を戻す。

お世辞ではなく。互いの感想を言い合う。たったそれだけなのに、どうしてこんなに居心地がいいのだろう。

ここは俺が苦手な外だというのに。

このリベンジキャンプが始まってから何度か感じていた気持ち。正体は分からないが嫌いではない。むしろ好きなのだと思う。

俺はガスを入れたランタンに、火を付ける。淡いオレンジ色の明かりが強くなり、闇夜《やみよ》を遠ざける。優しい光を見て、やっぱり買って良かったなと思う。

「……よし。やりますか！」

まず確認するのは今回の俺のギアたち。

四海道先輩に倣《なら》うならば、汁物なら俺に任せなクッカーのクーさん。火加減調節の達人のガ

スバーナーのナーさん。俺がいればひとまず大丈夫なスキレットのスーさん。このギアたちが今回の俺の相棒だ。

チーズフォンデュは難しそうに見えて、そこまで難しくはない料理だ。

ただ今回は少し一手間加える。まずはスキレットで買ってきたウィンナーを炒めていく。パチパチと皮の弾《はじ》ける音は食欲を誘うが、まだ我慢。

次にウィンナーの油をそのまま使用して角切りにしたにんじん、タマネギ、ブロッコリーを炒めていく。炒め終わったらここでわんぱくの代名詞である秘密兵器、切り餅を取り出す。

「こいつを最後にあぶってやれば……」

餅を角切りにしてバーナーであぶっているうちに、調理用のたき火台に乗せたクッカーに溶けるチーズを投入。チーズがぐつぐつと溶けてくれれば完成だ。

四海道先輩のほうを見るとクッカーで麵を茹《ゆ》で、パスタのソースを作っているところだった。手元は危なげだが、時折スマホを見て確認しているところを見ると大丈夫そうだ。できるならば調理を成功させて、自信をつけてもらいたい。

茹で時間とスキレットを交互に見て、余裕がなくなってきている四海道先輩に声をかけた。

「先輩。麵は俺が見ています。ソースに専念してもらって大丈夫ですよ」

「え？　いいの？」

「はい。俺のほうはあと、溶けるのを待つだけなので」

「ありがとう」

ほっとした顔でスキレットに向き直った四海道先輩の様子を見て、俺も麺の茹で時間を確認する。アラーム設定した時刻は間もなくだ。

ピピピピ。スマホのアラームが鳴り、俺は麺をお湯から取り出す。

「先輩、できましたよ！」

「わ、私もできたわ。えっとお皿を用意して……大変だわ。お皿を忘れた」

震える声に俺は頭が真っ白になった。皿を忘れるという事態は想定していなかった。

パチパチとたき火が燃える音が聞こえる中、俺たちは立ち尽くす。

やばい。解決策が思いつかない。

「これ使って使って！　私も今日のために買ったんだよねぇ」

すっと木製の皿を出すのは一人、テーブルの上で顔を赤くした草地さんだ。丸みを帯びた木目の皿は和洋のどちらにも合いそうで、流石はベテランキャンパーだと尊敬したくなる。

いつの間にか、一升瓶は空になって、二本目に突入しているが今はそんなことどうでもいい。

「助かります！　先輩、盛り付けましょう」

「飛鳥、黒山君、本当にありがとう。うんっ」

俺たちは最後の仕上げを行う。テーブルに並ぶキャンプ飯を見て、最初に感嘆の声を漏らしたのは四海道先輩だ。

「……キャンプ飯、できた」

小さく呟かれた声とバレないようにガッツポーズしている姿に俺も嬉しくなってくる。こういうとき声を掛けないぐらいに俺も空気は読める。そこの酔っ払い、ニヤニヤしないでくれ。

「いいねいいね！　チーズフォンデュにパスタ！　熱いうちに食べようよ！」

「そうですね。先輩、ご飯にしましょうか」

「ん。そうね」

あ。照れ隠ししているな、この人。耳元の髪をかき上げ、キメているが、耳は真っ赤だ。

三人でも十分な大きさのアウトドアテーブルに俺、先輩、草地さんが座る。

「じゃあ？」

顔を見合わせ、自然と全員が笑顔になる。

「「「いただきます」」」

まず俺は四海道先輩のキャンプ飯、肉のパスタを口に運ぶ。

一口大に切られた牛肉を口に含み、噛みちぎる。

ジュワッと小躍りしたくなる肉の旨味。酸味がきいたトマトベースのソースと肉の脂がちょうどいい感じで麺に絡んで、胃にズドンと気持ちいい快感を与えてくれる。

「んん！　このトマトの味付け美味しいわね。文香、今度レシピ教えてよ」

「そんな、レシピとか凝ったものじゃないけど、えっとこの本を参考にして――」

なんだろう。こう、お洒落な感じではなく、肉を食らう感じ。

……旨いなぁ。お世辞じゃなく旨い。たき火とランタンの力強さと優しい光に包まれるパスタはキラキラと輝いて、無限に食欲をくすぐってくる。

無心で食べていると俺は視線を感じて振り向く。そこにはじっと俺を見つめる四海道先輩がいた。先輩はもじもじと両手を組み、少し居心地が悪そうに視線を彷徨わせ、諦《あきら》めたように口を開いた。

「ど、どうかしら？　その、感想とか、言ってくれると助かる」

潤んだ双眸《そうぼう》に浮かぶ色合いは少し懐かしくも、嬉しくもあった。

きっと四海道先輩はあんまり人の評価とか、他者から見た自分とかは気にしないタイプだ。誰かに気を使われたくなくて、自由でいられるソロキャンにハマるぐらいだし。

だから、その、こうやって自分自身が満足するだけじゃなくて、俺の感想を求めてくれるということが、その、嬉しいと感じてしまう。

ゴクン、とパスタを飲み込んで俺は迷わず答える。

「美味しいです。本当に」

「……そう。なら、良かったわ」

「はい。大成功だと思います」

俺の言葉に先輩は屈託《くったく》なく笑って、自らもパスタを食べて、頷く。

「ちょっとちょっと何ラブコメしてんのよ。私も交ぜなさい」

「してないわ」

「してる」

「していない」

ニヤニヤ顔の草地さんと笑みを消してパスタを食べている四海道先輩。俺が誤魔化すように咳払《せきばら》いすると、草地さんはあっさりと引き下がって話題を変えた。

「でも、文香のキャンプ飯、私も好きだよ。うん、本当に美味しい」

「っ……急に褒めるのやめて」

「あははは。可愛いのう。では、次は少年の料理だね。チーズフォンデュにはこだわりが強い私なんだけど——あちゅっ！」

クッカーの中でグツグツ煮えるチーズにウィンナーを潜らせた草地さんは、熱々と言いながらテーブルをパンパン叩く。

四海道先輩も続けて食べて、同じリアクションを取っているので少し心配になってくる。

え？　何か失敗したかな……熱っ！　旨いけど、熱い！

濃厚なチーズとウィンナーのコンビがまずいわけがない。

嚙むと口の中でパチン、とウィンナーの皮が破れ、肉汁溢《あふ》れる脂がはじけ飛ぶ。更に口の中を火傷《やけど》しそうになるが、やめられない。野菜の甘さも絶品だ。

「……やるじゃん、少年」

「ふふ。まだメインは残っていますよ。この焼きたての餅もどうぞ。四海道先輩も」

「も、餅ですって！　文香、この少年、悪魔よ！」

「ええ……女性を肥えさせる悪い後輩だわ」

ぼそりと呟いた草地さんに俺は悪い顔をして、焼きたての餅を勧める。すると言葉とは裏腹にノリノリな二人が食いついてくる。

表面をカリッとあぶった餅にチーズをコーティングして、口にダイブ。

もちろん熱い。ただそれは序の口だ。噛むと餅特有の柔らかさと共に旨いが爆発する。

「「「あふ！　ふはっ！」」」

星屑《ほしくず》が見え始める夜空の下、予想外の熱さと旨さにテーブルをパンパンする俺たち。他のキャンパーからどう見えるのか、など野暮《やぼ》なことは考えてはいけない。

涙目になった四海道先輩は俺を見て、親指を上げる。

「黒山君、最高に美味《うま》い」

じわっと心に染みるのは嬉しさだ。俺がこのキャンプで一番欲しかった言葉。脳裏に過《よぎ》るのは最初のキャンプで一緒に焼きおにぎりを食べたときのこと。

俺がキャンプに来た目的の一つが今、こうして叶《かな》ったのだ。

喜んでもらいたい。

もっと自由でいてもらいたい。

この人が好きなキャンプを嫌いにならないでもらいたい。

普段は冷めた表情が似合うクールで、美人な先輩。どこか俺と似ている、そんな少女がはにかみ、俺は心臓が跳ねる。

「――――」

ストン、と俺の中で何かが嵌《は》まる。今まで色々と言い訳染みたことを言っていたが、もっと単純なことだった。

そうか。そうなのか。俺はこの人が……いや、それは駄目だ。駄目だろう。

そんな感情は違うだろう？　四海道先輩の迷惑になるだろう。

心に生まれた感情を押し込み、俺は笑顔の仮面をかぶって、キャンプを楽しんでいた。心の底から楽しかったはずだ。

だが楽しい時間は必ず終わる。だからこそ価値があるのだと俺はそんなことを思ってテーブルの談笑に加わったのだ。

◆

パチパチ、とたき火が優しく闇夜の中で揺れた。

たき火に追加の薪を入れた草地さんが眠たげに目を擦《こす》り、チェアの上で背伸びする。

「いやぁ、今日は無理してきて良かったわ。お酒が旨いし、美味しい料理にも出会えたし。んん！　やば。少し飲み過ぎたかもなぁ……ねむねむだわ」

草地さんは目をとろんとさせながら欠伸《あくび》をする。すると徐々にかくんと、頭が上下に揺れて、そのまま穏やかな顔で喋らなくなる。

「……お皿洗い終わったわ、って飛鳥は寝ちゃったの？」

「みたいです。仕事帰りでしたし、でも草地さんにも楽しんでもらえてよかったです」

確かにかなりのハイスピードで飲んでいたから予想はしていたが、なるほど。酔うと幼児退行するタイプだったのか。ただ、この顔を見ている限り、すごく幸せそうだ。

食器をまとめている四海道先輩にお礼を言って、俺はマグカップにココアを注いで手渡す。

「ココア？」

「はい。さっき作っておいたんです」

「ん、甘いね」

「苦手でしたか？」

「いいえ。大好きなほう……ん。なんかすごく美味しい」

「それなら良かったです。アルバイト先で色々教えてもらっていて、アレンジしてみました」

焼きマシュマロをあんな幸せな顔で食べているならばココアも好きかな、と思ったが予想は当たったらしい。

四海道先輩はもう一口飲んでからキョロキョロと周囲を見渡し、チェアの柄を掴んで俺の隣にチェアを置く。黒タイツに包まれた両足の上にマグカップを載せて、咳払いする。

「先輩?」

「どうせなら近くで話したいなって。迷惑だったかしら?」

「その言い方は少しずるいと思います」

「ふふ。狙《ねら》ってみたわ」

いや、そんなクールな口調でドヤ顔しないでくれ。可愛すぎるから。

「じゃあ、失礼して——ふぅ。落ち着くわね」

「そうですね。悪くないです」

周囲を見回すと他のキャンパーもそれぞれ静寂をお供に自由な夜を過ごしている。

俺もチェアに体を預け、空へと視線を向ける。

漆黒の夜空に浮かぶ小さな星屑。星座はあんまり詳しくなくて、こういうときに「あれが何座です」とか言えたら澪曰《いわ》くモテ男子なんだろうな、と俺は自嘲気味に笑う。

ふと視線を感じて隣を見ると四海道先輩は夜空ではなく、俺を見ていた。

真っ直ぐと、意志の強い瞳《ひとみ》はたき火の色合いに染まる。

夜の闇《やみ》に負けないくらいに、すごく煌《きら》めいている。

感情が読めない表情に俺は戸惑う。

「……」

「えっと、どうかしましたか？」

「……」

「先輩、ほ、ほら星が綺麗ですよ？」

「……」

「──っ」

耐えきれずに顔を背《そむ》けると、喉を鳴らし小さく笑う声が聞こえた。

口元に手を当て、楽しげに微笑む四海道先輩。

「ごめんなさい。少し意地悪しちゃった。でも、照れるわね、こういうの」

「……そう思うならしないでください。お互い自爆してて、誰も幸せにならない」

「確かにそうね。でも、君が何を考えてるのかなって思って。なんか星空見てて、眉間にしわ寄ってきてるなぁ、とか。男の子なのにまつげ長いなぁ、とか」

「めちゃくちゃ観察してるじゃないですか」

「ちなみに君が考えてたことも当ててあげましょうか？　あの星は何座だろう、とか考えてた。違う？」

「の、ノーコメントで」

ココアを口に含む。甘い。だがこの甘さが今は心地よい。少し肌寒い夜風に頬を撫《な》でられているというのに頬が熱いのは、きっとココアのせいだけじゃないことに俺は気づいている。

「ふふ。あ、それなら君も私を観察してみる？　今なら観察し放題よ」

「ぶっ⁉」

とんでもないこと言い始めた先輩に俺は咽《む》せてしまい、四海道先輩も慌ててハンカチを取り出す。

衣服についたココアを拭き取りながら先輩が謝ってきた。

「ごめんなさい。大丈夫？」

「大丈夫。大丈夫ですから。俺こそハンカチ汚してしまってすいません。洗って返しますから」

「いいよ、このぐらい」

「駄目です。こういうのはしっかりするべきです。逆に先輩が噴き出したら、俺も同じこと言いますし」

「……計算じゃなくてそういうこと言えるから君は、だから居心地がいいんだろうね」

「え？　何か言いましたか？」

「ううん。何でもないよ。ただ、いい夜だと思っただけよ」

「それは、確かにそうですね」

「で？　私を観察してみる？　少し恥ずかしくなってきたから横顔だけなら問題ないわよ？」

ゆったりとチェアに体を預け、マグカップを両手で持つ四海道先輩。流し目で俺を見る瞳は挑戦的で、表情は涼しいままだ。

だから俺は丁重に自らの気持ちを伝える。言うべき言葉は一つしかない。

「遠慮します」

「そう？　あんまり私こういうこと言わないわよ。初めての泊まりキャンプが楽しすぎて、テンションおかしくなっている今だけだよ？」

「それでも遠慮します。きっと、後悔しますから」

変なことを言ってしまいそうで。それと、戻ってくる言葉が予想できてしまうから。

この距離感を壊さないためにも俺は謹んで遠慮する。

すると四海道先輩もココアを口に含み、再び空を見上げた。

星屑が散らばる夜の空。あとで六月の星座を調べようと俺は決意する。

「いい夜ね」

「そうですね」

ぽつりぽつりと会話をし、ふわっと四海道先輩が欠伸を噛み殺したのを合図に俺はチェアから体を起こす。マグカップの中身はもう空っぽだ、ちょうどいい頃合《ころあ》いだろう。

「そろそろ寝ましょうか。えっとまずは草地さんを起こして――あれ？」

「どうしたの？」

四海道先輩もチェアから体を起こし、俺の視線を追う。そう。テーブルでうたた寝していた草地さんがいないのだ。

「どこに行ったのかしら？」

「車の中にもいませんね。鍵《かぎ》も掛かってるし」

俺は草地さんの車を覗《のぞ》き込み、ドアも開かないことを確認する。車の鍵は草地さんしか持っていないし、少なくとも遠くには行っていないとは思うが。

「困ったわね、連絡してみるわね」

四海道先輩はスマホを取り出し、草地さんに連絡を取る。すると意外にも着信音はすぐそばから聞こえたのだ。

音が鳴った方向。それは先ほど草地さんが自ら設営したテントの中から聞こえてきた。俺たちはテントの中を確認してみる。そこには一升瓶を抱えたまま、幸せそうな顔で寝ている草地さんがいた。

「ちょっと飛鳥？　そこは黒山君が寝る場所でしょ？」

「んん。いやぁ、もう食べれないぃ。結婚したいぃ」

同性だからこその遠慮ないボディタッチ。だが草地さんは構わず爆睡し続ける。というかこの状態になった大人は、テコでも動かないことを俺は父さんの様子で思い知っている。

「困ったわね。このテントのサイズだと二人は流石に厳しいし」

先輩の言うとおり、草地さんが持ってきたテントは今現在草地さんが占領しているスペース以外がほぼほぼない。これでは四海道先輩が寝る場所がない。

草地さんを無理矢理起こしてもいいのだが、この幸せそうな顔を見ていると少し罪悪感が芽生えてくる。それに草地さんには仕事で忙しい中、都合をつけて協力してもらっているのだ。流石に、と思う。

俺は四海道先輩に提案する。

「先輩。先輩は俺のテントで寝てください。俺はチェアで寝ますから」

そう。少し肌寒いとはいえ、チェアに体を預けてタオルをかぶれば眠れない気温じゃない。逆に四海道先輩にそんなことをさせるわけにはいかない。

だが先輩は首を振る。

「駄目よ。それは絶対に駄目」

「でも」

「……寝る場所ならあるわ」

何かを決意した先輩は俺を見る。意志の強い瞳の奥、いつも見える力強さが少し心配そうに揺れた気がした。

少し低い、心地よい声色で俺を呼ぶ声は微かに震えている。

「黒山君」

「はい、何ですか？」

「今晩、あ、貴方のテントで私を寝かせてくれないかしら？」

その言葉を理解するまでに俺は一分以上を有したのは言うまでもない。

◆

時刻は二十二時十八分。もちろん、夜だ。

他のキャンパーも各々テントの中に戻り、淡い光が揺れていたり、してなかったり。就寝している人も多いだろう。

だが俺は全然寝れない。寝られるはずがなかった。

「……」

「……」

一つテントの下。互いに顔を見合わせずにシュラフに入り、背中を向け合う俺と四海道先輩。

テントの外で聞こえる川の音が眠気を誘おうとしてくる。だが時折聞こえる息づかいと、衣服がすれる音が聞こえるたびに気持ちが落ち着かなくなり、眠気が遠のいてしまう。

最初、四海道先輩が「お邪魔しますって、なんか照れるわね」と言いながらテントに入ってきたときから、もう俺はぎこちなかったと思う。

そして、ぎこちなさは伝染する。

互いにキャンプの感想を言い合い、会話が減って、気まずくなり、早めの就寝となった。

普通に無理だろ。この状況で平常心を保てないほどに俺は普通に男なのだ。ましてや隣にいるのがあの四海道先輩なのだ。

男と女。

先輩と後輩。

テントという密室。

薄暗い視界と鼻をくすぐる微かな石鹸《せっけん》の香り。

心の奥底にしまい込んだ感情が沸々と煮えたぎる。

「……」

どうしてこんな状況になった？

草地さんのせい、ではないな。完全に俺が悪い。俺が先輩の寝床についてもっと配慮していれば、きっと違った結末を迎えられたはずなんだ。

俺はぎゅっと目をつぶり、羊の数を数える。早く寝るために。

羊の数が百を超えたときだ。シュラフの布がすれる音が聞こえ、その後に小さく笑う声が聞こえた。

「ね。起きてるよね？」

「……寝ています」

「会話できるのに？　ふふ、私も寝れないの」

「……」

「あ。無視するの？」

「っ！　背中をつつかない――っ⁉」

「やっとこっち見てくれた」

背中をつつかれた物理的刺激に俺は抗議しながら振り返り、言葉を失う。

見てしまったから。視認して、確認してしまったから。

そこにいたのはシュラフから両腕を出し、体を横に向けて、俺を見ていた四海道先輩だった。

艶《つや》やかな黒髪は重力に従って無造作に枕《まくら》に垂れ、いつもの冷めた表情はどこに置き忘れたのかと突っ込みを入れたくなる。そんな優しい微笑を浮かべているのだ。

薄暗いテントの中で、目が暗闇《くらやみ》に慣れたせいか長いまつげも、薄い唇も、整った顔立ちの一つ一つがよく見える。

溜め息を吐き、認めてしまった事実に降伏する。

俺は今、四海道先輩と同じテントにいて、向き合って寝ているのだ。

無言でこちらを見続ける視線に応えるように俺も体を横にする。互いの視線を絡ませ、気持ちを落ち着かせる。

　絞り出した声は少し上ずってしまう。

「少しなら付き合います」

「ありがとう。ならちょっとだけお喋りしましょう」

「何を話しますか？」

「そうね。お互いの第一印象とか？」

「いいですよ。でも恐らくお互い同じかもしれませんが」

「分からないよ？」

「分かりますよ。じゃあ、俺から言います。面倒な人に絡まれたと思いました」

「私も面倒な人に絡んじゃったと思ってた」

「ほら同じじゃないですか、やっぱり」

「でも、今は違うでしょ？　少なくとも私は違うわ」

「……まぁ、俺も違いますけど」

「気が合うわね。ちなみに聞いてみてもいいかしら？」

「そうですね。先輩が先に言ってくれるならいいですよ？」

　四海道先輩は興味深そうに俺を見つめ、ごろりと仰向《あおむ》けになる。俺も仰向けになり、二人揃って天井《てんじょう》を見上げる。

「内緒。生意気な後輩には教えない」

「それは残念です」

「でもこれだけは言っておきたいかな」

「なんですか？」

「今日のキャンプ、すごく嬉しかった。小樽観光とか、キャンプ飯とか。私、こんなに誰かと一緒にキャンプしたことなかったし、正直言うとね。本気で楽しめるか怖かったの」

「……」

「私が君にやったことは私の好きを押しつけた感じだし。私自身、誰かに気を使わせるのは好きじゃない。それに一回、君を裏切っているし」

「それは――先輩、覚えていますか？」

「え？」

「体験していないのに楽しめないと決めつけるのは勿体《もったい》ない。この言葉がなければ、先輩と出会わなければ、きっと俺は俺の世界だけで生きていたと思います」

頬に突き刺さる視線に絶対に応えるつもりはない。

だって今、直視したら言葉が絞り出せない。

「俺は家で過ごすのが好きです。でも、先輩とのキャンプを通じて、違う世界を知ることができた。楽しかったです、先輩とのキャンプはすごく楽しかった」

体が熱い。喉が枯れそうだ。でも止めるわけにはいかない。

これが今の、俺の精一杯。

「あのキャンプ場で、俺に絡んでくれてありがとうございました。俺もキャンプが好きになってしまいました。全部、先輩のおかげです」

インドアな俺がキャンプを好きになった。

そして、キャンプを愛し、自由を求める四海道文香に惹《ひ》かれてしまった。

足をずらし、俺の視線はリュックサックに向かう。そうだ。まだ、渡せていなかった。シュラフから上半身を出して、俺は手を伸ばす。

「どうかしたの？」

「その、これ。お礼です。俺に知らない世界を教えてくれた」

リュックサックから紙袋を取り出し、四海道先輩に手渡す。四海道先輩は紙袋を開けて、目を見開く。暗幕の下なのにその瞳はキラキラと宝石のように煌めいた。

「……オルゴールだ」

いつも通りのクールな表情で、ハスキーな声音。

だから、どんな感情を抱いてくれたか分からない。

ただ、宝物のように両手でぎゅっと握ってくれた様子を見て、やっぱり確信する。

喜んでくれる顔を見て、気を使わない距離感で話して、俺はこの人を好きになった。

でも言う勇気もないし、それで四海道先輩に変に気を使われるのも俺は嫌だった。

だからこの初恋は言えない。言うべきじゃない。

沈黙が生まれ、俺は誤魔化すように笑う。

「はは。少し恥ずかしいですね、やっぱり。さ、もう寝ましょう……先輩？」

きぬずれの音が聞こえ、暗闇の中で影が動く。

シュラフに入っていないむき出しの俺の指に、何かが触れた。

「ちょっ！　何してるんで、すか」

言葉は塞《ふさ》がれた。

お互いの顔がばっちり見える至近距離。

俺の唇を塞ぐ、細く白い人差し指。

そっと人差し指を離し、四海道先輩は見慣れたクールな表情で、俺の隣に寝転んだ。

「なんか急に人肌が恋しくなったの。六月だけど夜はまだ、寒いわね」

軽く力を入れてくる冷たく、しなやかな指は俺を逃がしてはくれない。手をぎゅっと握られ、
体中に電流が駆け巡る。

「手をっ、手を離してくれませんか？」

「どうして？　あ、緊張してる感じ？」

「あ、あああ当たり前じゃないですかっ」

「あはは。ならここも気が合うね。私も緊張してるよ」

聞いてみる？　と自らの胸を指さすので流石に俺も全力で逃げる。

「……もう寝ます。寝させてください」

「ふふ、何それ？　じゃあ、私もそろそろ寝ようかな」

互いに天井を見つめている。でも、互いの手は繋がれている。

「黒山君。本当にありがとう。楽しかった」

暫くして小さな寝息が聞こえてきた。ちらりと隣を盗み見ると目を閉じ、眠る四海道先輩がいた。微かに上下している胸を見ると完全に寝ているようだった。

……人の気持ちも考えないでこの人は。

繋がれた手は意外としっかりと握られ、離してはくれない。

俺は溜め息を吐き、目をつぶる。不思議と心は満ち足りている。

でも当然というか、この状況で寝れない事実は変わらなかったのだ。

# 小樽市街

## OTARU CITY

### 散策マップ

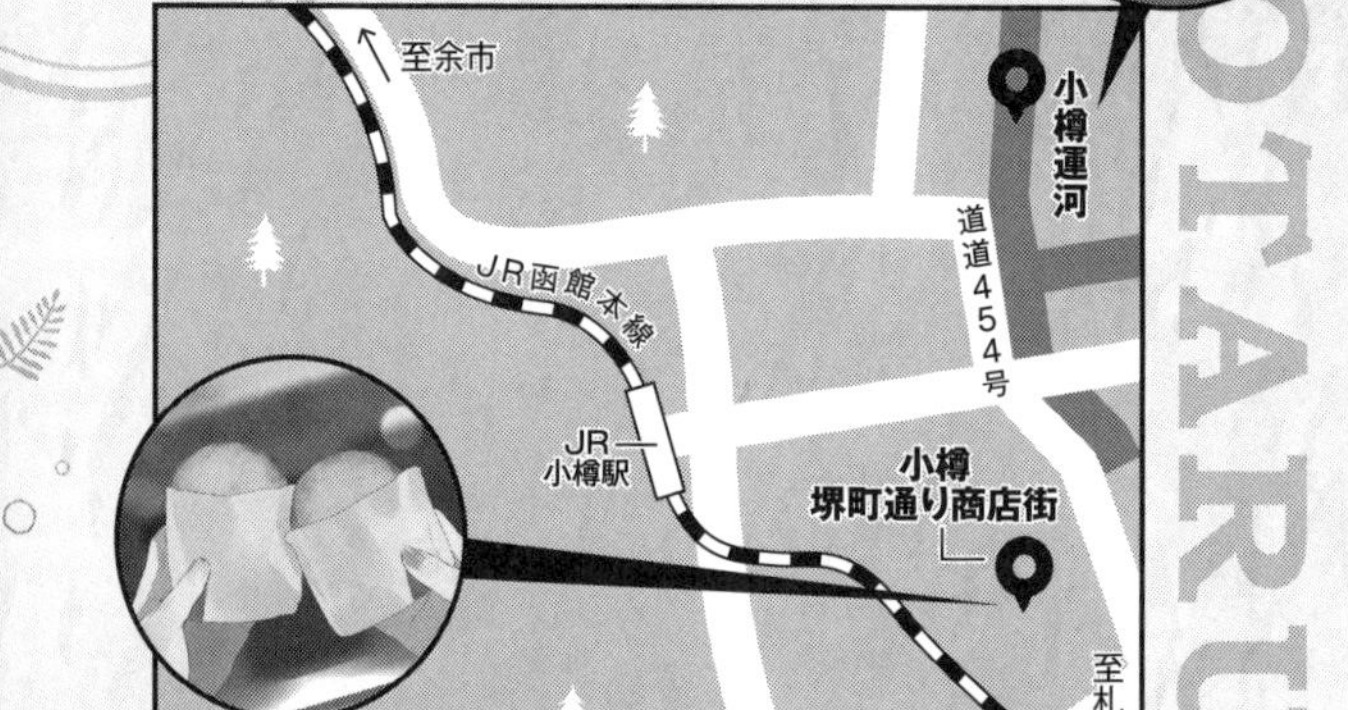


Staying at tent with senior in weekend,
so it's difficult for me to get sleep soundly tonight.

# エピローグ

# いつか、きっと、叶えたい約束



俺《おれ》はびくんと体を震わせる。すると握られた手がぱっと離れて、薄暗い視界の中で何かが起き上がる。

「し、四海道《しかいどう》、先輩？」

「うん。おはよう、黒山君。私、ずっと握ってたんだ。これは少し恥ずかしいかな」

見慣れない天井《てんじょう》に、ベッドとは違う少し固い寝床。そして、俺を見下ろしている年上の先輩。

「――――」

声にならない悲鳴を上げたのはもちろん、俺だ。

起き上がり、ズザザッと後ずさりして、四海道先輩と距離を取ろうとするが、ここはテントの中。密室だ。逃げる場所など限られている。

俺、四海道先輩と一緒にテントで寝てたんだった。いや、まずいだろ。昨夜はどうかしていた。先輩と初めての泊まりキャンプで、理性がまるで仕事していなかった。

右手に残る微《かす》かな温《ぬく》もりと感触。

四海道先輩は髪をかき上げ、四つん這いで近づいてくる。

「おぉ。朝から元気だね、男の子だ。えっとそっちにタオルがあるんだっけ。取ってくれる？」

先輩は俺を見て、優しく口ずさんだ。

四つん這いになっているせいかTシャツの首元から覗《のぞ》く鎖骨が丸見えだ。そして、肩から黒い下着も見えているんだが⁉　というかこの人、俺に対して警戒心を抱いていないのか？

俺は顔を逸らして、平静を装う。

「朝はっ！　得意でしてっ！　た、タオルです！」

「ありがと。私はあんまり朝は強くなくて。ん？　何かテンションおかしくないかしら？」

全然平静保ててないじゃないか、俺。悩みながらも何とか、ジェスチャーで自身の左肩を指さす。

「肩？　えっと……あ。あぁ、なるほど。これは、駄目ね」

何とか意思疎通が取れたみたいで、四海道先輩も正座して、Tシャツの首元を直す。

見たことがないほどに顔を真《ま》っ赤《か》にして、先輩は咳払《せきばら》いする。

「コホン。えっと、黒山君。早起きしてもらったのは用事があったわけで、一緒に朝ご飯を作らない？」

「朝ご飯、ですか？」

「ええ。迷惑でなければ」

正直言えばすごく眠たい。だってほとんど寝られてないし。このままシュラフに包まれて意識を失いたい。絶対に気持ちいいはずだ。

「駄目、かしら？」

その言い方はずるいだろう。クールさはどこに忘れてきたのかと突っ込みたい気分だが、断る理由も特にない。

四海道先輩と一緒にテントの外に出る。微かに湿った冷たい空気を肺いっぱいに吸い込み、吐き出す。スマホで時刻を見ると午前五時すぎ。

朝里川《あさりがわ》の渓流の音が静かに響き、静寂の中に溶け込んでいく。街からは近いはずなのに、どこか喧噪《けんそう》から切り離された開放感溢《あふ》れる自然がそこにあった。

こんな時間に外へ出たことはあまりなかったが、この深呼吸だけで全身の細胞の一つ一つが生き返った気がする。家だとついつい二度寝に入るので、貴重な体験だと感じる。

空を見上げれば徐々に瑠璃《るり》色の夜が引いていくのが見えた。

まもなく朝がくる。東の空はもう明るくなってきている。

「んんんん！　なんかすっごく新鮮かな」

背を伸ばし、四海道先輩は気持ち良さげにストレッチしていく。

俺も真似するように体を解《ほぐ》していくと、確かに気持ちよく骨が鳴る。リラックスしたせいか、今更だが眠気が半端《はんぱ》ない。

「黒山君、もしかしてあまり寝られなかった？」

鋭い指摘に俺が言葉を詰まらせると先輩が半歩、俺に近づく。化粧をしていないせいか、いつもと違い綺麗《きれい》よりも可愛《かわい》さが勝っている先輩の顔を見て、変に動揺してしまう。

ずいっと近づいてくる四海道先輩は俺の前髪を指で払う。

「目の隈がすごい。やっぱり初めての泊まりキャンプだと色々、気づかされることが多いわよね」

「先輩もですか？」

「もちろんよ。だって泊まりよ？　しかも時間の許す限りキャンプしてていいとか、興奮するしかないでしょ。ただ、不思議と疲れてはいないのよね」

じっと自らの手を見て、そのまま俺の手を見つめる四海道先輩。

「きっと君が私の手を握り続けてくれたおかげかな？」

「それってどういう？　え？　先輩寝てたんですよね？」

「私を過大評価しすぎよ。一緒のテントの下で、異性と一緒に寝てて平気でいられるほど、私だって大人じゃない。だから君と一緒ね」

するりとしなやかな指が俺の虚をついて、触れてきた。手の甲同士を軽くぶつけ、四海道先輩は俺を置き去りにして、広げたままのテーブルに皿を並べていく。

テーブルの上に置いてあった空の一升瓶《いっしょうびん》を見て、先輩は苦笑した。

夜明け。キャンプ。一升瓶。なんだこれ、と俺も苦笑する。

「なんか不思議な感じ。ふふ、よし！　じゃあ、朝ご飯作り始めましょうか！」

「なら俺は珈琲《コーヒー》でも入れますね」

「いいわね。じゃあ、ご飯は——風が」

微風が首元を過ぎ去り、葉が揺れる音が静かに広がっていく。なんだろう、すごく安心する感じだ。

お湯を沸かそうとしていた俺はケトルを握ったまま、改めてキャンプ場を見渡す。

空をゆっくりと彩《いろど》り始める曙《あけぼの》色の太陽。その空の下で両目をつぶり、深呼吸する四海道先輩の表情はどこか清々しくて、飾らなくて、すごく綺麗だった。

俺はその姿から目を離せなかった。離したくなかった。

「染みるわね。でもすっごくしっくりくる感じ。ここに来て良かったなぁ」

そう。パチリ、とパズルのピースが嵌《は》まるようにしっくりくる。

少し低い声色も。

クールな表情も。

俺と似ている面倒くさいところも。

四海道先輩と過ごすこの距離感がしっくりくる。俺はなんだかんだ言って優しく、強い意志を持つ彼女を見て、口を開く。

「本当に、家にいるみたいです」

それは睡眠不足で判断力が低下していたからかもしれない。

勇気って奴《やつ》は振り絞っても、意外と出てこない。

ただ出てくるときはするりと出てくる。案外、そんなものだ。

「俺、また先輩とキャンプに行きたいです」

静寂に包まれたキャンプ場で、その声は予想以上にはっきりしてしまっていて、一気に顔が熱くなる。

四海道先輩が振り向き、驚いたように目をぱちくりとする。何か言葉を探し、ごくんと呑み込んだ顔はクールとはほど遠い。

「ええ、行きましょう。私も貴方《あなた》とまたキャンプしたいから」

恥ずかしそうに微笑んだ表情を見て、俺も笑う。可愛すぎて、笑うしかできない。俺は動揺する心情を隠すようにぎこちなく笑った。

返ってきた言葉が嬉《うれ》しくて。だから出てきそうな言葉に蓋《ふた》をする。

今はこの距離感がすごく心地よいと感じるから。

……ちなみに一緒に朝ご飯で作ったハムエッグサンドはめちゃくちゃ美味《うま》かった。

# あとがき

【蒼機純《あおきじゅん》、ソロキャンデビューしました。カップヌードルはやはり美味し！】

はじめまして。または前作『その商人の弟子、剣につき』ぶりです。蒼機純です。
この度は『週末同じテント、先輩が近すぎて今夜も寝れない。』こと、テンちかをお手にとって頂き、本当にありがとうございます！　感謝の気持ちでいっぱいです！

軽く自己紹介すると私は超超超インドア人間です。布団の中で全てを完結できるならばそれで良し、な人間です。

青春をライトノベルとゲームで過ごし、アウトドアとは無縁な生活を送ってきた蒼機にとって、キャンプとは単語だけを知っている本当に未知の世界でした。

2022年の3月頃。担当さんとの打ち合わせの時にキャンプの話がでてきて、「え？キャンプ？」と思い、そこから私はキャンプについて調べ、キャンプの世界に飛び込みました。
体験しないと分からない。体験することで知る何かがある。私がキャンプで感じたのはまさしく形に囚われない自由な時間でした。

本作は各々が自由に、自分が自分らしく過ごせる世界を明確に持つ少年少女のお話です。

自らは楽しめないと他の世界を切り捨ててきたインドア男子の黒山《くろやま》。

自由を求め、孤高であることを選んだアウトドア女子の四海道《しかいどう》。

バイクに乗り、キャンプで自由を楽しみ、別々の世界観を持つ二人が体験することで知る楽しさを少しでもお届けできれば幸いです。


この場を借りて謝辞を。


おやずり様。クールな四海道が見せる微笑みを可愛らしく、魅力的に描いていただき、ありがとうございます！　キャンプ風景や、小樽観光含め、イラストを見るたびにワクワクしっぱなしでした！　GA文庫編集部中村様。今年から色々ご相談させてもらい、こうして本作を形にすることができました。いつも的確な指摘感謝です！　エルデンリングのDLC楽しみですね。

本作の出版・発売・取材に関わってくださった全ての皆様。

そして、本作を手に取ってくださった皆様。本当に心より、お礼申し上げます。

皆様のおかげで筆を取ることができました。では、またお会いできる日を祈って！

蒼機　純

ファンレター、作品の
ご感想をお待ちしています

〈あて先〉

〒106－0032
東京都港区六本木2－4－5
SBクリエイティブ（株）
GA文庫編集部 気付

「蒼機純先生」係
「おやずり先生」係

**本書に関するご意見・ご感想は**
**右の QR コードよりお寄せください。**

※アクセスの際や登録時に発生する通信費等はご負担ください。

https://ga.sbcr.jp/

# 週末同じテント、
# 先輩が近すぎて今夜も寝れない。

発　行　　2022年10月31日　初版第一刷発行
著　者　　蒼機純
発行人　　小川 淳

発行所　　SBクリエイティブ株式会社
〒106−0032
東京都港区六本木2−4−5
電話　03−5549−1201
03−5549−1167（編集）

装　丁　　百足屋ユウコ＋フクシマナオ
（ムシカゴグラフィクス）
印刷・製本　中央精版印刷株式会社


ISBN978-4-8156-1721-9
Printed in Japan　　GA文庫

試読版は
こちら!

# 友達の妹が俺にだけウザい10

著：三河ごーすと　画：トマリ

GA文庫

それは中学時代の物語。明照《あきてる》がまだ“センパイ”ではなく、彩羽《いろは》がまだ“友達の妹”ですらなかった頃。

「小日向《こひなた》彩羽です。あに、がお世話になってます」

明照、乙馬《おずま》、そしてウザくなかった頃の彩羽による、青臭い友情とほんのり苦い恋愛感情の入り混じる、切ない青春の１ページ。《５階同盟》誕生のカギを握るのは、JCミュージシャン・橘《たちばな》浅黄《あさぎ》と――まさかの元カノ（？）音井《おとい》さん!?

「ウチのことを“女”にした責任、取ってくれよなー」

塩対応なJC彩羽との予測不可能の過去が待つ！　思い出と始まりのいちゃウザ青春ラブコメ第10弾☆

痴漢されそうになっているS級美少女を助けたら隣の席の幼馴染だった7

著：ケンノジ　画：フライ



「諒くん相手に嘘ついてどうするの。ずっと一緒だったのに」

ついにやってきた学園祭。学校全体がお祭り気分に包まれるなか、諒のクラスは自主映画の完成を迎えていた。主演を務めた姫奈は演劇部からの依頼で学園祭の演劇で舞台に立つことになり、着実に夢に向かって歩む。そんな姫奈を応援する諒だったが、その傍らで自身が恋愛に対して不器用な原因に触れて……？

「後夜祭、グラウンドの中央で待っています」

「あのさ……後夜祭なんだけど——」

ヒロインたちの想いが爆発し、ついにそれぞれの恋路に変化が訪れる。

不器用な恋に進展の気配が近づく、幼馴染との甘い恋物語、第7弾。